灯花

DENGHUA

DENGHUA

灯花

张世斌◎著

中国工人出版社

谨以此书献给天堂里的奶奶

她的大爱永远是我追求卓越和美好的动力

序一　开在心底的灯花

刘江滨

长期厕身于新闻界，在我看来这一行当的从业者存在着两类人：一是文人型，纯粹的笔杆子，“铁肩担道义，妙手著文章”，凭才华立足名世；一是活动家型，在社会各阶层间穿梭往来，游刃有余，世事洞明，人情练达。前者有时失之于书生气，后者又不免书卷气不足。我以为张世斌兄算是能将二者取其长摒其短的高手。

世斌兄老家山东，人高马大，身材魁梧，典型的山东大汉。当过兵，做过工，当记者又四方奔走，八面来风，阅人无数，社会阅历极为丰富。一名优秀的记者最可贵的品质，就是不仅有对新闻敏锐的发现和捕捉能力，还有一支妙笔在纸上生花。世斌兄在新闻行业，从地方媒体做到中央大报，曾任《工人日报》驻河北记者站站长，曾获范长江新闻奖提名，全国百佳新闻工作者。二十三年前我刚从邢台高校调到省城报社不久，就认识了世斌兄。因我那些年在《工人日报》副刊上发表了大量文章，得到编辑韩春旭、刘建民的垂青和支持，所以对世斌兄就多了一份亲近感，也多了一些话题。但以后更多的时间里，各自忙碌，偶尔相聚，也多限于往来酬酢，一众人等，笑语喧哗，彼此相交亦如蜻蜓点水。

忽然地，这几年我们两人交往稠密起来，其联结的媒介是——文学。世斌兄从小就喜爱文学，当兵期间曾阅读了几百部小说，自《收获》杂志创刊一直订阅至今。写作改变了他的命运，良好的文学修养是他成为名记者的底色。其实，一个好记者就应该是一个作家，像写出《县委书记的榜样——焦裕禄》的穆青，写出《晋祠》的梁衡，等等，这样的记者作家并不在少数。世斌兄退休后，自然无法赓续新闻报道了，便实现华丽转身，开始向文学掘进。2018 年出版了一本《奶奶的老理儿》，以奶奶"金句"加相关故事和道理阐发的形式，弘扬了中国民间独特的"奶奶文化"，老理儿蕴含着民间大智慧。这本书有情、有理、有趣、有故事，出版之后大受读者青睐，很快售罄，再版发行，据说又要印第三次了。我给此书写了书评，联想到倪萍的《姥姥语录》，有趣地发现，山东老太太都挺了不起。之后世斌兄相继创作了不少散文作品。因为我的业余主攻就是散文写作和评论，故世斌兄大抵每有新作写出，都要发给我看看，请我提意见。我是一个认真的人，不管是谁只要拿出作品给我看，我都认为是对我的信任，都要据实说出优劣。但遇到的情形却是两样，有的可能是只想从我这里得到肯定，并不需要我真的"指谬"，对于我的较真儿反而心中不悦，以后也不再找我看了；世斌兄却是"闻过则喜"，虚心"纳谏"。他的文章常常是改了一遍又一遍，对某个字词或说法反复斟酌推敲，差不多也达到"吟安一个字，拈断数茎须”的境界了。他的这份认真和严谨，端实令我钦佩。这让我想起以善于修改文章著称的宋代文豪欧阳修，每次修改“用思甚苦”，其夫人调侃说：“何必自苦如此，还怕先生嗔怪吗？”欧阳修笑答：“不畏先生嗔，却怕后生笑。”

这部散文集《灯花，灯花》中的大多数篇什以前我都读过，也有一份“意见”在里头。此次结集，世斌兄将47篇文章分作四辑：“心语乡情”“欧洲纪事”“友谊之树”和“企业溢香”。统而观之，他的散文最突出的一个艺术特质是“实”——真实、纪实、情实，每一句话每一行字都笃定源于所见或亲历，可信可靠，这也许与他长期从事新闻职业有关。真实是新闻的生命，来不得半点虚构，散文虽然也强调写真人真事，因它毕竟属于文学范畴，容许合理的想象和适度的虚构，与新闻还是不同的。这样，也可以说散文分作两类，一类是纪实性散文，一类是艺术性散文。这样说并非否定纪实性散文的艺术性，而是强调它的“非虚构”性质，而且如今“非虚构”还大行其道、深受读者喜爱呢。很显然，世斌兄把他的新闻特质带入了散文写作，打上了“记者”的印记。这在第二辑“欧洲纪事”中尤为鲜明。

世斌兄作为“随行记者”连续数年跟随一个职工管乐团赴欧洲演出，写了大量的随行札记。他以记者的敏锐发现了诸多“新闻点”，把这些“新闻点”加以充实提炼、细致描述，就成了一篇篇美文。比如，他在欧洲发现了一个奇特的自然现象：“树叶一落，树干也就是个木头桩子了，没有了生气。可地面却是很有生机。有的地方是刚露出地面的小草小花，有的地方竟然很茂盛，绿色的叶子很大，花朵也很大。”（《这里冬春同驻》）比如，他发现了“鸟别墅”：“这座‘别墅’不是人住的地方，而是鸟的宿舍。这个小‘房子’在这户人家房后用灌木插成的绿篱‘园子’里，玲珑小巧的小屋，是用几根木头柱子支撑起来的，大约离地面有一人高，建筑物搭得十分精致秀美。”（《“鸟别墅”随想》）。从中我们可以看出，世斌兄不仅有一双新闻眼，还有一双审美眼，新鲜之处也有美的存在。还不止如此，世斌兄还是一个善于思考的人，他没有停留在对事物的发现和描述的层面，而是建立在国际视野的参照系中还要往深处想一想，寻找事物的意义和本质。我们来看他诸多文章的题目：《都德〈最后一课〉故乡断想》《说不尽的“柏林墙”》《狮文化·“睡狮论”》《巴塞尔喷水龙随想》《莱茵河畔随想》《“精神首都”随想》，等等，都打上了“想”的烙印。比如《“精神首都”随想》由德国的精神首都魏玛，想到了中国的延安，将二者跨越时空予以详尽的类比，有太多的相似，而延安精神更是无与伦比，故此，世斌兄提出了一个从未有人提及的称谓：延安是中国的“精神首都”！此文视野宽、思想深、观点新、感情真，是一篇很有分量和价值的佳作。

在这部集子中将“心语乡情”置于第一辑，并将其中的《灯花，灯花》当作书名，足以看出世斌兄对这些书写故乡亲情散文的珍视。鲁迅说“创作总根于爱”，是这种深沉的爱推动作者在笔端流淌出真挚的文字。文学写作尤其是散文写作，最真切、最动人的文字往往是写故乡写亲情，因为故乡和亲情是作者的生命之源，进而成为文学之源，感受最深、体会最真，无须更多的矫饰和虚拟，如苏东坡所言，吾文如“万斛泉源，不择地而出”。世斌兄写故乡的鲫鱼、鸡鸭、瓜枣，更写故乡的人和事，特别是对奶奶的往事追忆，都是郁结于心的自然生发，笔端饱含款款深情。从《奶奶的老理儿》到《灯花，灯花》，可以看出，奶奶在世斌兄生命中和心中占有极为重要的位置，他将其升华为“奶奶文化”的高度。这里既有中国乡村的普遍性，也有作者个人身世的特殊性。故世斌兄对奶奶感情之深异于常人，在作品中特别得以凸显，通过多篇文章精心的描绘，塑造了一个鲁西南农村淳朴、善良、有骨气、有智慧的老太太形象。《灯花，灯花》写每次亲人出门，奶奶后半夜睡不着起来靠不停拨灯花“来熬这漫漫长夜”，“奶奶就是一个拨灯人，她拨灯不光为了灯亮，是思亲伤感的表露。她拨暖了亲情，拨亮了儿孙们的心。奶奶拨灯的样子永远定格在我的脑海里”。这篇作品自然朴素生动，画面感强，以物寄情，有独特的视角、有独特的生命体验，我心目中最好的故乡亲情散文就应该是这个样子。

“庾信文章老更成”，我觉得世斌兄的散文写作已渐入佳境，他蕴积已久的生活富矿在等待着他不断开采挖掘，愿“开在心底的灯花”更加绚丽多彩，我有理由期待。

是为序。

2021 年 7 月 2 日于石家庄

（作者系河北省作家协会副主席，《燕赵都市报》原总编辑）

序二　修辞立其诚

刘建民

收到张世斌老兄所著《灯花，灯花》，连夜读完厚厚的一叠文稿，忍不住击节称快。这是继2019年出版《奶奶的老理儿》之后，退休多年的他推出的又一部散文集。

忘记是哪位小说评论家曾经说的，现实中的人物，即便是站在你面前，你也未必真的知道此刻他在想什么，更何况通透地了解这个人。相反，在文学作品中，读者却可以清晰地看清人物的心思、动机，也几乎洞然其种种作为的来龙去脉。如果将这位评论家的话加以延伸，是否可以这样说：一部著作，无论虚构还是非虚构，其所展示的世界，可以让我们多了一个了解作者的支点，平添许多可资对其认知的素材。

这些年，陆续收到多位同事赐赠的著作，每每翻读之后，讶异的同时，敬佩之情油然而生。

譬如小说《雾咒》，印象中不善言谈的作者竟四次前往北极，厚厚的小说只是其北极之行的文字收获之一。小说中，极端恶劣的自然环境、来自不同机构各怀心机的考察者反衬着一段真挚单纯的爱情，沉重得让人说不出一句话来。

还有一位同事，长我十好几岁，每次在楼道里相遇，也只是简单地点头，微笑。有一天竟惠赠我一本《探索中国人的潜意识》。这是其编辑工作之余，苦研中外经典数年，孜孜求索一心解读汉民族魂之所系的结晶，不能不令人肃然起敬。

我对世斌兄的钦佩并非起自《奶奶的老理儿》，也远非他退休之际单位为其出版的厚厚上下两册《脚板子踏出的新闻》。世斌兄令我宾服的是，他做记者之后曾连续23年，在三十晚上或大年初一来到矿井深处、建筑工地、山区的通信塔下，采访一线工人，与他们一起吃饺子。这样的人品和心性，不是说装就能装出来的。

世斌兄健谈，有他在，聚会一般不会冷场。不过他极少聊只博一笑的段子，从他那里，听到更多的是有意思有趣味有情怀的故实。因为职业的缘故，他多年来走南闯北，见多识广，且行必有所思有所悟，有些形成了文字，呈现于纸上。出现在《灯花，灯花》中，记叙欧洲之行的"欧洲纪事"部分尤为突出，多篇作品以"随想""断想"入题。相形之下，其"心语乡情"更多透露着他内心深处对故乡的所怀所思。

《易传》有言：修辞立其诚。世斌兄为人坦诚，为文亦质实坦荡。正如刘江滨先生为《灯花，灯花》所作序言中讲的：世斌兄的散文"最突出的一个艺术特质是'实'——真实、纪实、情实，每一句话每一行字都笃定源于所见或亲历，可信可靠，这也许与他长期从事新闻职业有关。"此言实属知人之论。世斌兄的文字是伴随其人生步履，郁然心间的思想晶体，是汩汩流淌在他血液中的亲情、乡情、友情。字里行间，多诚心厚意，无虚言妄语。以文字为生的人，忙碌几十载，倘若能臻如此境地，有如此收获，足矣。

（作者系《工人日报》原编委、文艺部主任）

目录

心语乡情

欧洲纪事

友谊之树

企业溢香

心语乡情

一、鲫鱼的记忆

我偏爱吃鲫鱼，凡与我亲近的人都知道。只要条件允许，不出远门时，家人也要到菜市场买两条烹调一番，红烧的、清蒸的、侉炖的都有，还有老家山东单县盐爆鲫鱼的做法。在饭店点菜，我也会先问有没有鲫鱼，且不管怎么个做法。

这成了我几十年的生活习惯。出门在外，在饭店点菜，不管是海鱼，还是淡水的河鱼、湖鱼，也不管海滨城市喊出名色来的“一平二净三塔嘛”[①]各种名鱼。不管它们多么有名，多么稀罕，我就单点鲫鱼。由于工作的原因，我到过祖国的最北端和最南端，东边的海边，西边的新疆，在这些地方都吃过鲫鱼，可不管咋品味，也吃不出想吃的那个感觉。

我爱吃鲫鱼，不为它多么有营养，多香多鲜美，而是另有原因。就是当年奶奶在灶膛里用南瓜叶子包着用柴火灰烧制的鲫

---

① 渔民叫法：一平，就是平鱼；二净，净鱼，也叫镜鱼、鲙鱼；三塔嘛，也叫塔螨，鳎目。沿海地区叫法各有不同。

鱼，记忆中的那个味道是无与伦比的美，我吃鲫鱼，是在寻找味道，寻找奶奶的影子。

这偏爱，起源于我孩提时代，这个时期我在农村跟奶奶生活，也就是20世纪五六十年代，是个非常穷的年代。那时家家都穷，粗茶淡饭能吃饱就不错了，至于吃鱼吃肉，只是个长久奢望，等到过年的时候，能吃上一顿，就说明家境是很不错的了。

在20世纪五六十年代，我老家鲁西南，夏季雨水比较充足，不少时候，雨水会下得过了头儿，坑满壕平到处是水，当地叫"淹了"或"涝了"。雨水虽多，但"涝"时也有个时间段儿，老家谚语叫"七月十五定旱涝，八月十五定收成"。说的是农历七月十五，就是公历八月中旬左右，是旱是涝大局就定了，下一句自然是讲农作物丰收、歉收了。

雨季过后，原来的"坑满壕平"在过了"立秋"再到"白露"节气之后不久，也就剩下半坑水了，小沟壕里的水也只有齐腰深或大腿深了。

每当这个时节，是村子里"翻坑"[1]逮鱼的好时候。几十个人，甚至更多，同时下到平静的水坑里，有的人手持粪筐，有的拿竹篮，有的拿着用荫柳条粗编的簸箕，反正是五花八门拿什么家什儿的都有。大家拿着这些工具，在水坑里使劲地搅和，把清水搅成浑浑的泥汤汤。

一到水搅浑的时候，原本在水下的鱼、虾、泥鳅，有时还能

---

① "翻坑"这个词儿，可能只限于我们当地，就是很多人把坑里的水搅浑的意思。

见到像长虫（蛇）一样的鳝鱼，在浑水里就把头露出水面，这些鱼的露头常常是由小到大，小鱼最经不起折腾，先露头。露头的鱼儿张大了嘴，不知是想喝清水，还是想呼吸氧气。这当儿，便是人们收获的时刻，大家拿着手中的工具，寻找自己身体周围张着嘴的鱼头，筐子从鱼头底下伸进去往上一抬，一捉一个准儿，有时候还不止一条。下水坑的捞到了鱼，就兴奋地向岸上大声喊，岸上老人带着小孩即刻应声，鱼扔到岸上，老少就撵着摁住活蹦乱跳的鱼儿，然后放到清水盆里，也有用木水筲和水罐子的，里面放好清水，当然是为保持鱼的鲜活。

在这样的水坑里，从春天到整个夏天，几个月甚至半年时间，鱼会繁衍得很多，个别的会长到一斤多重，大部分只有二三两，更多的则是小鱼虾。

每次这样“翻坑”，能持续一两个小时，都是在正午时分，热闹得像过年过节一样。坑下水里的人喊着，岸上的人观察着、指着、叫着，抓到大鱼者还使劲欢呼显摆一番。欢快，喜悦，那个高兴劲儿，在每个人的脸上荡漾着，那场面，一辈子也难以忘怀。

那个时候，人们都单纯、厚道，一听说哪个坑里正在“翻坑”，就奔走相告，互相通个信儿，好事儿大家共享，都去捞几条不花钱的鱼打打牙祭。

人们把捞回的鱼，大点的炖着吃，小点的则裹上点面粉用油煎一下，然后放上青菜，添上一大锅水，熬鱼汤。这对于几个月不见腥味的人们，自然是一顿好美好美的美味儿啦。

我讲这些经过，是想说每当这些时候，我会准时下水坑参加逮鱼。记得有一次，我腿上长了个疖子，红肿化脓。那天上午叔叔刚领我去公社卫生院挤脓、清理、上药、包扎，是裹着白白的棉纱回来的。按医生嘱咐，是绝不能再沾水的，不然还会化脓。可回家后正赶上“翻坑”，实在憋不住，就试着在水坑边上用箩筐捞，可捞着捞着，脚还是滑到水里了，白白的纱布瞬间浸湿了，湿都湿了，干脆下去吧。挨顿说是免不了的啰，叔叔的几毛钱又算是白花了。

每次参加“翻坑”，我都能逮上来一些鱼。这些鱼中有一种肚子宽宽的鱼，老家人管它叫“槽鱼”，后来才知道它的真名叫“鲫鱼”。每逢逮着这种鱼上岸后，奶奶总是把鱼用清水冲洗一下，大点的就用剪子把鱼肚打开，将里面的内脏掏出来，小鱼则不掏，撒上些碎盐粒儿，用北瓜[①]叶子包起来，奶奶包鱼的手艺很高，裹得严严实实的就埋到锅底下灶膛柴火灰里。

这用北瓜叶子包着放在柴火灰里烧的过程，真是个让人等得着急的过程，放进去不大一会儿就想赶紧扒出来。这个时候奶奶总是说，“心急吃不了热豆腐”“慢工出巧匠”，并讲这些话的道理及出处，说将来长大了，做任何事都不能心急，心急了，就乱了阵脚，办不成大事。奶奶讲着，我心里就不那么着急了。不着急了，鱼自然就烧好了。

每当奶奶从烫手的灶膛里扒出绿叶包时，别看外面沾满了土灰，一旦打开，鱼的香味儿即刻就出来了。吃一口，那个好吃

① 北瓜在我们那里叫法与南瓜不分。

呀，肉嫩嫩的，鲜鲜的，那才叫“入口即化”呢。这时，我连鱼刺也舍不得扔，和着肉一起咀嚼着，越嚼越香，越香越愿意嚼。有时还有个别大点的盐粒子没化完，嚼着盐粒也那么香。现在回忆起来，觉得那就是世上最好吃的美味了。

不知怎的，几十年了，吃过很多的鱼，不管是什么鱼，什么样的做法，也不管是一级厨师的手艺，还是御厨后代的绝活，他们做的鱼，味道都没有奶奶用北瓜叶子裹着烧出来的鲫鱼好吃，那种鲜美和可口……好像没有准确的、更好的词儿能说得清。

自从离开家乡，上学，进军营，又到地方工作，已经几十年，再也没有吃过像奶奶烧的那样的鲫鱼。至今，奶奶已经仙逝三十余载，但我一提起鲫鱼，就想起奶奶烧制鲫鱼的味道，就想那个年代，想那个年代的人，当然，更想的是奶奶……

（原载于《工人日报》2019 年 10 月 28 日）

二、灯花，灯花

灯花，这个词在年轻人的语库里恐怕早已没有了。要了解它，只能到词典里查找了。而词典上把“灯花”解释得并不咋清楚，估计编这条词语的人，没有那么深入生活，只说了有此物而已。

而这个目前已不见的灯花，却在我记忆里非常深刻，永远抹不掉。因为它紧紧连着一段非同一般的亲情。是乡愁，是思念，更是对奶奶深深的怀念。

灯花这物，得追溯到四十年前，或更早。这得先说煤油灯，没有它就没有灯花。从我记事儿起，农村家家都点煤油灯，当然还有棉油灯和蜡烛，我想说的是煤油灯。

煤油灯是用棉线搓成绳，穿到用薄铁片做的细管里，细管比现在喝酸奶的吸管略粗点儿。细铁管放到装着煤油的小玻璃瓶里（或是墨水瓶），瓶口露出来的这段再从一枚铜钱孔里穿出，大概有一公分，铜钱正好盖住瓶口。从铁管露出的棉线绳头儿，叫

"灯捻"，煤油浸泡后即可用明火点燃。这个灯头儿，有花生米那么大，能照亮一间屋子大小的空间，这便是煤油灯。煤油灯当时也有卖的，但大部分是自己做的。

煤油灯曾叫洋油灯，在我们国家有一二百年的历史。这种煤油灯点燃的时间长了，棉线绳烧成的灰烬就会结成硬结（核），这个物体有的呈花状，有的在继续燃烧中自己炸开，形状像花，故称"灯花"。一旦灯头上出现灯花，火头就明显小了，便不太亮了。这时就要用针尖把灯花拨掉。因为灯花坚硬，得一点一点地挑开拨掉，这样煤油灯才会重新亮起来。自古以来说"灯不拨不亮，理不辩不明"，说的就是这个道理。也有讲"油灯不拨不亮，真理不辩不明"，后面这句更清晰些。

"灯不亮，有人拨；理不明，有人说"。奶奶就是一个拨灯人，可她拨灯不光为了灯亮，还有思亲伤感的表露。她拨暖了亲情，拨亮了儿孙们的心。奶奶拨灯的样子永远定格在我的脑海里，我久久思念着，想奶奶在灯下拨灯时的那种沉思……

我的家人在新中国成立前后几十年里，在部队服役的、在外工作的比较多。常年在外的要回家探亲，家里的人要到外地探访，年年都有几次离别。

每当探家的亲人返回单位和家里人到外地去探访时，奶奶的后半夜基本上是睡不着觉的。家离县城远，要赶早车，天不放亮就得出门。所以奶奶早早起床把饭做好，盖在锅里温热着。再拾掇一阵后，奶奶便坐下来，等出门的亲人醒来。

等候的时候，奶奶总是双肘垫着桌面，一只手用针尖拨灯花。拨掉一块儿，灯头儿就“扑棱”一下，亮一下。有时奶奶把灯花都拨没了，就起身走几步，回来继续拨，不过再拨的时候只是灯火头儿了。奶奶起身又坐下的空当儿，有时看一眼纺花车，有时摸一下没纳完的鞋底儿，我想大概是想纺两下线或纳几针鞋底儿，但又怕惊醒睡着的亲人。

每当这个时候，奶奶不睡，我就睡不踏实，醒后躺在被窝里，看着奶奶。看着看着，眼泪在不觉间就流出来了。我知道奶奶此时很难过，她睡不着觉，是心里凄苦，“嗨！又得走了！”这一定是奶奶心里的长叹。她是用拨灯花，来熬这漫漫长夜。

记忆最深的一次，是送我父亲。我父亲1940年15周岁时就参军去打鬼子了。他先后参加了抗日战争、解放战争和抗美援朝，负过13次伤。父亲是长子，又多次负伤，奶奶牵挂更甚。父亲每次探亲离家，奶奶总会心里不安，很是揪她的心。虽已是和平年代，可她还是担惊受怕。那天晚上，奶奶在我父亲床头端详一阵儿他的脸，又慢慢走回煤油灯跟前。奶奶拨着灯花，眼泪扑簌簌流了下来，她怕家人看见，又赶紧用衣襟悄悄擦去……装作若无其事的样子，再继续拨灯花，一想起奶奶这个动作我的鼻子就酸酸的。

奶奶拨灯花时，不时自言自语，虽听不清说啥，但我知道奶奶想什么。奶奶那些自语比“慈母手中线，游子身上衣”诗句的描述，深刻得多。奶奶心里丝丝缕缕都是儿孙，这个，那个，大的，小的，一个也不舍得远离，但又无奈，又不得不送他们出去工作。

每次离别时，奶奶心里都很酸楚，很凄苦。奶奶是带着这些愁绪，准备好出门亲人路上吃的干粮和煮熟的鸡蛋，然后坐在煤油灯下等着。面对微弱的灯光，奶奶心里难以名状的苦，好像在对灯无言地诉说。

奶奶那满是老茧的手，不时地拨弄着灯花，实际上是在缓解愁绪。她是想把灯拨得亮亮的，留住长夜，推迟天明的到来，让亲人能在家待的时间更长一些。

有很多次，看着奶奶这样，我就干脆起床，穿上衣服和奶奶一起坐一会儿，或溜达一会儿。记得每当这个时候，后半夜屋子里很凉。不管是冬季，还是春季，在陪奶奶熬灯时，身上总是冷冷的。

这时候，我只能呆呆地看着奶奶，不知给奶奶说几句什么，让奶奶别这么难过。可，又能说什么呢？有时奶奶发现我忽闪着眼睛看着她，就把我拉到怀里，抚摩着我的头，只是来回地抚摩，一句话也不说。

像这样的场面，打我记事儿起，到我离家上学和参军，不知经历了多少次。

之后，就轮到我出现在部队和外地工作回家探亲离家时的那个场面了。随着年龄增长，对亲情的理解越来越深。每一次回家看奶奶，哪怕一年或半年，见了奶奶，或看到奶奶在煤油灯前的身影，都觉得老人家又老了许多，内心深处很是心疼。

现在想奶奶时，就想，如果奶奶还健在，假如家里还有煤油灯，她老人家一定还会用颤巍巍的手拨灯花。

奶奶离开我们已经33个年头了，但我还是会经常想起奶奶为亲人送行拨弄灯花的场面，在我脑海里那个镜头，是摄影艺术家的最佳作品也比不上的。因为画面背后是无私的爱，是伟大的胸怀，是深深的牵挂。奶奶拨灯花的动作，既含有“油灯不拨不亮”的哲理，更有金子般的爱心。三十多年里，我一直怀念奶奶，觉得奶奶在天堂里一直在看着、佑护着她的子孙们。奶奶的心像刚拨过的灯，一直是亮亮的，因为她无私，她从不想自己。

煤油灯消失了，灯花自然也不见了，可奶奶无私的爱却是永恒的……

（原载于《工人日报》2020年6月7日）

三、电报的思念

社会发展到现在，电报，还有加急电报，这种通信方式在民间已经消失了。因为座机电话、BP 机进入家庭后又出现了手机，如今已升级到微信语音和视频了。手机普及，通信工具发达，已经方便到“地球变小”了。

“电报”完成了历史使命，屈指算来，已有三十余年了。但它却在我心里一直扎着根，因为它紧紧联系着我和奶奶的亲情，说起电报就想起奶奶，那是一个时代的烙印，很深的亲情烙印。

说起电报，得先说书信，因为亲人分离，书信就是联结亲情的一个重要工具，远离者是靠写信对家人或亲朋来表达思念和问候的。国人重情重义，几千年来祖祖辈辈紧紧延续传承着。因岁月艰辛，在古人的“飞鸽传书”“友人捎信”等原始方法沿袭了多少朝代后，才有了能为百姓送信的邮局。

古人向家里捎信问安，也有写诗寄托对亲人思念的，由此留下了很多精彩故事和诗词，有的千年传诵。杜甫《春望》“烽火连三月，家书抵万金”，说见到一封家书能抵万两黄金，这对诗人而言是最值钱的信了。李商隐《夜雨寄北》一句“君问归期未有期”，流露的是对自己命运难以把控，归期难定的无奈，这首伤感诗代表了众多游子的心。北魏诗人陆凯《赠范晔》“折花逢驿使，寄与陇头人”，把梅花当信让驿使捎回，表现了对朋友的殷殷挂念，使友人睹物思人。

多少年来，诗词，两地情书，战火家书，字里行间都充满着思念和期盼。盼信，我从小耳濡目染。父亲抗日战争参军留下了让家人挂念的“根儿”，后来叔叔也常出差，所以思亲盼信成了奶奶爷爷生活中的一部分，这让我打小扎根在心。

后来，我参军了，想到奶奶思念亲人盼信的心情，一直琢磨怎么才能减少老人的牵挂。记得刚入伍半年时，到洛阳出差，抽空去照相馆，在摄影师按下快门的瞬间，我故意咧开大嘴爽朗又开心地笑着，目的就是让奶奶看到我欢笑的样子，觉得奶奶看了照片能顶几封信。

记得当兵第三年我回家探亲，那天奶奶是在村头迎到我的。在那次探家回部队的路上，脑海里不时浮现奶奶在村头盼信的身影，这镜头一直谨记在心。所以一路琢磨，怎样才能减轻奶奶期盼记挂之苦呢？

想着想着，突然想到了电报。那时电报使用密码，4 个阿拉伯数字代表一个汉字，比如“张”字的密码是“1728”。用密码发到对方邮电局（所），再翻译成汉字送达。当时电报价格不菲，一个字三分钱，加急电报七分钱，一封电报电文加上地址、收信人和发报人，得花好几毛钱，是一个月津贴费的十分之一左右。当时军人寄平信免费。那天根本没想这个，回到部队，马上就到邮电局，给奶奶拍了封电报："平安到达"。这样奶奶第二天就能接到，即使当地送得慢，最迟也就三天。比寄信快一个多星期，能让奶奶少盼好几天哪。

此举，果然让奶奶高兴得不得了。堂叔写信告诉我，说奶奶接到电报高兴地流泪了，拿着电报到邻居大奶奶家三爷爷家夸我，说"还是大孙子知道我的心思"。还说，这电报真快，人才离家两天就来电报报平安了。她盼信盼了几十年，大孙子这电报，可真暖心呀。我看了信，也流下了泪水，我尽量往奶奶心里想，这事，做对了，我能想象到奶奶开心的样子。从那时起，探家后给奶奶拍平安电报就成了我的习惯。

有一次探家返回部队，路过江苏徐州换乘，正好顺便看望一位复员的战友。见面后，我第一句话是先问他附近有没有邮电所，我要先给奶奶拍封平安到达的电报。他先是一愣，然后大笑着跟我开玩笑，说："你还没回到部队呢，万一你在半道上有万一呢。"我真诚地向他解释，这已经是我的习惯，也是奶奶所盼，自我一出门奶奶就盼着这封电报。这封电报早一小时送达，奶奶就早放心一小时。战友向我抱拳：失敬失敬，理解了祖孙互相牵挂的心。

屈指算来，从我 1968 年初参军，到我奶奶 1986 年仙逝，在这 19 年时间里，我给奶奶拍了不下 20 封报平安的电报。这 20 封电报牵着祖孙俩人的心，回忆起来，历历在目。有时想，若奶奶健在，我还会一如既往拍电报吗？我坚定，会的！只要邮局有这个服务项目，我一定，因为奶奶喜欢！

科技进步使通信便捷至极，可通信快速，亲情却变得淡薄了，淡薄得让人伤感，甚至寒心。有的竟然出现了老人“关心”不当，给儿女们“添乱”了。眼下年轻人确实忙，一上班像钟表上了发条似的，分分钟地忙。老人在家闲闷，打个电话问“安”，却耽误了他们正常工作，效果反之。对此我很伤怀，通信不便时人们格外珍惜亲情的沟通，便利到唾手可得时，倒不把它当回事儿了。这，越想心里越不是滋味儿。

细想来，现下对于亲情及“牵挂”“疼爱”的认知，老和少已不在两条平行线上了，这可能是时下说的“代沟”所致吧。

说起“代沟”，就下意识对比几十年前我与奶奶的亲情和牵挂，想起电报，想起当年那个行动，想起那个年代的人和事。觉得那时不但没有代沟，而且老人往孩子身上想，孩子往老人心里做，互相牵挂，其乐融融。那个年代似乎已经逝去，那种现象也渐行渐远了。我承认自己思想老化跟不上时代了，但又觉得连外国人都敬畏的中华几千年传统文化，那可是立国之本，万万不能丢啊。我能理解“代沟”，也知道存在即是合理。但还是怀念当年“人爱人，人想人”的那种风气，那种对亲情的无言牵挂和发自内心的尊和爱，更有那份对亲情的无言承诺。就像京剧《三家店》秦琼的唱词那样：“儿想娘来难叩首，娘想儿来泪双流。”因此，报平安的电报一直记在心底，“平安到达”四个字似乎还在血液里流淌着。

四、赙受·擎受·情受

“赙受”两个字，我一直认为只是我们老家鲁西南一带的方言，后来才知道有不少地区都有类似说法。这两个字老家的人用得很多，普通百姓街坊邻居在一起聊天儿，东家长西家短地拉家常时不时就蹦了出来。

我敢说，经常说这两个字的人当中，得有百分之九十五以上的不知道是“赙受”俩字。为什么我敢大胆妄为地肯定？在写这篇小文之前，我曾问过几位搞了几十年文字工作的同乡老友，他们确实是有学问的，竟一下子被问蒙了。我觉得被问蒙也正常，原来我就一直认为没这两个字呢。方言嘛，就是这个样子，只知道讲的意思，不知道有没有这字，所以根本不用考究是哪两个字，怎么写，或还有什么来历了。

我从小也是光听说，根本没有揣摩过是哪两个字。近年来，随着年龄增长，时时被乡愁追赶，就想写点儿记忆中的老家往事，便遇到了这俩字，就开始查找起来。

这一查找不打紧，一下子引出了许多话题。

汉语词典上这样解释“赙受”一词：赙受就是继承财产，接受赠予的财产。被查找出来的还有“情受”，解释为：承受，继承。

在见到这两个词之前，我觉得应该是“擎受”二字。因为是方言，得按方言的意思去理解。擎受的解释，是向上托举着接受过来。这很合乎方言之意，继承者就是要托举接受，得满怀敬意。这俩字还包含着有担当，能擎得住，还有把祖业发扬光大的本领和坚强意志。所以，我觉着这个词很能代表多少年口口相传的方言。

当见到“赙受”一词，知道这才是准确表达继承财产的那个词儿，是正解。还知道了赙受者是接受恩赐的人，是幸福的人；而擎受者是撑事儿的人，是受累的人。

了解了“赙受”一词，我倒觉着赙受与情受、擎受这三个词意都涵盖在方言俩字音里了。既有“赙受”“情受”的意思，又有“擎受”的内涵，还是觉得“擎受”更重些。试想，哪位老人临终前不想后人继承祖业，把家领得比他这一辈儿强，对继承者寄予厚望。当然，继承者更是泣血立誓……

我们老家说的赙受，除了亲儿子赙受家产外，还有受当事人（或委托人）托付，近亲、远亲、表亲乃至世交朋友的家产也可以继承的，而这样的事情也常见。

赙受家产者，在老家有一个基础的硬性条件，就是要在当事人过世后，继承者必须披麻戴孝，按当地风俗大礼安葬结束，财产才是“继承者”的，任何人不例外。大爷、叔叔、舅舅、姑姑、姨姨还有世交等，他们有女无男，或无儿无女，侄子、外甥、世交之子等受托继承身后财产的，也必须像亲儿子一样，把老人“披麻戴孝送进坟”。

在老家，几乎每个村子都有几户外姓人家，那其中就有外甥、表亲之类赡受家产移居而来的。这样的外来户，都经过了伺候赡养、披麻戴孝、打幡摔盆送终。

这就是说，赡受不是轻而易举说说而已的，是很正规、很庄重的民间之礼道。它是孔圣人倡导的“五常”“仁义礼智信”之一——礼，是依“礼”而行，要靠吃苦和良心换来，此为赡受的规矩。

童年时，有一件赡受的事我永不忘怀。一位鳏夫老人，他只有三个女儿，且都远嫁邻县，远的有几十里，近的也有十几里。老人瘫痪后仨女儿都不能床前行孝。就托付给本家远门的一位好心婶子来照料，这位婶子像对待自己亲人一样，伺候她们的父亲。天天喂饭喂汤，端屎端尿，洗刷尿褥，饭喷一身，双手沾屎，无间冬夏好多年。老人去世后，好心婶子又让儿子披麻戴孝送终，最后赡受了老人的二分宅基地（20 世纪 50 年代宅子是不值钱的）。后来，仨女儿对这位好心婶子像待亲娘一样孝敬，报恩至老。这事感动了所有知情的人，大家说，这叫人心换人心，成了“赡受”的榜样。

近年来，老家的人不时打电话来，诉说乡间逸闻。所讲之事，不少关乎赡受老人财产的。有兄弟几个因分家产反目成仇，大打出手的；有双亲还健在，儿子就把将来该赡受的一份先拿走的；还有外甥分家请舅舅主持公道，现在竟然把舅舅给打了的。更多“故事”不是“赡受”老人家产，而是明火执仗地“抢”。其中有这样一事：儿子在县城买了一套房，凑不够钱，向父母要他日后应该“赡受”的钱，二老被迫卖掉县城旧房给了他二十万元。老两口只得回农村老家旧屋居住。此事听了就让人心寒。

老家朋友说，出现这种抢要家产的现象，抢者还振振有词，不多要不多拿，要的是将来自己应该“赡受”的那一份。可他讲的理，恰恰违背了赡受的原意。那是祖祖辈辈定下的规矩：赡受，是老人过世后的事。所以他的“理”，恰恰不在理上，而是“失礼”，因为他提前“抢”了。这与前边所举仁义的赡受一例相比，让人哑语，只有哀叹。

近几年，为了躲北方的霾，冬季时有几次去海南小住。有一天路过一条居民小巷，无意间听见有人吵架。当地方言大部分听不太懂，但有一句听清楚了，一位年过六旬的老头儿说：“家里财产，要等我们的照片挂上墙了，才是你的。我们还有这口气，家里财产谁也不能拿走！”这位老先生的话言简意赅，说得再明白不过了。这就是老百姓常说的“话糙理不糙”。

这个听吵架听来的俗理儿，一语中的，也不用再问为啥吵架了。

海南是祖国的天涯海角，距孔老圣人教诲“礼”的齐鲁大地很远，这里也许没有“赡受”之方言，但通过这位老汉的大白话，说明中华传统文化是相通的。

凡此种种，均为抢“遗产”，其实这时的“遗产”还不应称之为遗产，因为老人健在。遗产是什么？法律解释是：“公民死亡后遗留的个人合法财产。”老人活得好好的，家产能叫“遗产”吗？那既然不是遗产，那能赡受吗？

争遗产也好，提前抢“遗产”也罢，其实已经背离了赡受之意，此类做法其实就是一种忤逆行为。忤逆是什么，是不孝，是对父母的叛逆。自古以来，我国历史上对父母不孝和叛逆之人，是全社会人人不齿的，故旧时代的官府曾以忤逆为第一重罪。依“礼”而行并遵循赡受的规矩，已经形成了我们的传统文化。

五、“包憨”

“包憨”这个词在汉语词典里找不到，这是我老家鲁西南一带的方言。如果把这两个字颠倒过来，那就是“憨包”，这与“包憨”的意思就大大不同了。憨包有笨蛋、傻瓜的意思，包憨却是一个褒义词，而且非常受赞美的大褒义词。

“包憨”，这俩字在方言中的意思，是肯吃亏，总吃亏。这个吃亏一般指与近亲，或是常打交道的人相处，一直处在吃亏的位置。常吃亏的人一般被说成“傻”和“憨”，明知道自己做的就是傻事，却因是近亲或至交又不能就此远离，更不能反目，那只得把“憨”事全包下来。这种做法可解释成“不计较”和“舍”，这便是方言“包憨”的全意。

我从记事儿起，就受奶奶的影响知道了这个词儿，而且以后与它打了几十年的交道。遇到上述所说的这些事情，奶奶在说服教育家人的时候，常说“包憨”这俩字。“吃亏也不是一回两回了，该吃不该吃的反正都吃了，就别在乎这一次了。干脆吃下去吧，包憨包到底，就当积德行善了。”奶奶的这几句话我不知听了多少遍。

奶奶一生不知做了多少“包憨”的事情。现在回想起来，奶奶遇事首先做到的是不争。与身边的人相处，因关系太近，家长里短的根本不能避开，所以吃亏占便宜的事情常在。如果计较了，争了，就会伤和气。所以奶奶的处理办法就是舍而不争，不跟你计较，“你占便宜能占哪去”。

其次就是包容。其实，“包憨”这个词里面最多的意思就是包容。奶奶很谅解爱占点小便宜的人，说“他们日子过得也不容易，还是家里短缺啊”。凡是遇到自己吃亏的时候，奶奶总是站在对方立场上考虑，把自己吃亏讲得“有道理”，就是该吃。奶奶说，这样“心里就把自己吃亏的事儿放下了，那就啥事都过去了”。

所以，奶奶每每遇到此类的事儿，件件都这样放下了，把大家眼中的“傻事”“憨事”都承接过来，都容下，用现在的词说就是“包干”了。这就是我从小知道的奶奶的“包憨”。我知道奶奶“包憨”了一辈子，可一件事儿也不可能“举例说明”，奶奶活着的时候不让说，奶奶仙逝之后更不能说。就像当今一句时髦的话：“知道别说破”。

在老家那里，其实能“包憨”的人不少。我叔叔跟我说过一句老话，“至亲的人（包括挚友）是一辈子不能翻脸的”。为什么不能翻脸？大都因为“太亲了”，朋友“太密切了”。这样如果翻了脸，那是会让别人嗤笑的。怎样才能永不翻脸？遇事就得有一方“包憨”，不计较对方占便宜的所有行为，自己用吃亏来感化他。这就形成了一个现象，一个家族里面，一个小集体圈子里面，处世总得有“包憨”的，否则，这些“至亲家族”“亲密挚友”就相处不下去。

说到此，想到“老大”这个词儿，当老大的也可能是一家子的大哥，也有大姐的。不管是大哥或是大姐，那得有个“老大”的“样儿”。“样儿”是什么，吃苦吃亏不计较，有担当。其实，在一个家庭里，有的排行老大不能担当的，老二或老三就挑起重担，反正总得有一个不怕出力吃亏的。这个担当，其中重要的一条就是“包憨”，不与任何一个兄弟姊妹计较得失。

近些年，不少省市电视台开辟了《帮大哥》《帮大姐》栏目，聘请一些了解农村家务事，类似过去“乡贤”的人，去帮助调解村子里父子兄弟姊妹之间的家庭矛盾。电视画面上有的被帮者当着“帮大哥”的面，吵得不可开交，甚至大打出手。究其原因，一是经济问题，二是怄气，互不相让，谁也不肯退一步，就是家里缺一个“包憨”之人。

曾经热播的电视连续剧《家产》中的大姐，那就是一个“包憨”的典型形象。她不惜牺牲自己的小家，所有困难都扛着，眼泪往肚子里咽，不与不明事理的弟弟和弟媳们计较，长时间事事如此。她长期的包容，感动了全家人，包容出一个好家庭，带出一种好家风，这就是“包憨”的力量。

有人说，现在不同了，哪还有成辈子吃亏“包憨”的。这话确实代表了一种现象。其实“包憨”的含义不单单是吃亏，更是一种忍让和包容，是一种境界。前些年流传一句话叫“五十年代人爱人，六七十年代人整人，八十年代以后个人顾个人”。这话说得有些过，现在“个人顾个人”的人不少，可为别人着想的好人，长吃亏的人也还是大有人在。

我有一位挚友，与他有半个多世纪的密切交往。他和老伴就是包了多半辈子的“憨”，家里最多曾照顾过四五个孩子，有哥哥弟弟家的，有小姨子家的，还有朋友家的，送来孩子的父母都说“拜托，实在没办法”。他们老两口当“孩子王”十几年，“包憨”不讲怨言，一个兄弟、亲戚、妯娌好家风就这样形成了，一个个大学生侄子、侄女、外甥来家里感恩的场面屡屡出现。这老两口在我心中的位置很高，他们做的事没有惊天动地，但他们的“包憨”，让我敬重一辈子。

近年来，有朋友劝诫我，不能相处的人，不要和他计较，要学会先放下再慢慢放弃。我承认，这确实是一种不错的处世观念。但我似乎很执拗，觉得都一一放弃了，这最后不就成孤家寡人了？

古人劝诫，“人生哪能多如意，万事只求半称心”。我从另一个角度理解这个“哪能多如意”，不能事事都让自己如意，不如意不一定就非要放弃。如果包容一些，有一定的“包憨”心理，这就能达到“半称心”，不如意的局面就能改善，自己心里也就不委屈不憋屈了。有句老话：感动一个人，有的要好几年或几十年，甚至一辈子。怎么才能感动人？要理解、包容、吃亏，还有“包憨”。不管是为别人舒服，还是为自己舒服，“包憨”包容了，都能达到。其实，做到了这些就是做到了善良。奶奶，我的老友，《家产》中的大姐等，他们在吃亏的事情面前，最根本的就是“包憨”和善良。

六、说书唱戏劝人方

我的文化启蒙是民间的大鼓书和地方戏，它们给了我中华文化的根基。“说书唱戏劝人方”这句老理儿，最早是奶奶说给我的。

（一）

在20世纪五六十年代，儿时的我生活在老家鲁西南，从秋末到初春这几个月属于农闲，农村晚上听大鼓书的很多，在集镇上听大戏的也有，但比较少。那个时候其他娱乐活动少，能听上大鼓书，就觉得很享受了。说书的艺人是在一个村子说几天，又转到另一个村子接着茬说，爱听书的大人和少年就撵着到几里外的村庄听。到集镇上听大戏人少的原因，是进土戏园子（露天、土台子、土围墙、挂汽灯或马灯）得买票，小孩子们从大人那里要不出钱，就只好贴着大人身边猫着腰钻人群，还有的扒墙头，甚至上戏园子土墙外面的树杈。上到树上看戏，那可不是闹着玩儿的，我从树上摔下来多少次已经记不清了，上树把肚皮划破，手被干树杈扎破的事儿也常有。现在想来，那也算是为“长知识”过戏瘾付出过的代价吧。

那个时候，听书和看戏很上瘾，是因为其中的故事及人物，似乎很牵动人心。记得当时傍晚下学后，只要听说哪个村子里有接着说大鼓书的，从家里拿个窝窝头夹块腌咸菜，口袋里装块儿熟地瓜，和小伙伴儿就赶紧往那个说书的村子跑。那么辛苦地赶，就是为了听连本的书。在听过的书中，记忆比较深刻的有：《大八义》《小八义》《大红袍》《小红袍》《包公案》《刘公案》《三侠五义》《三侠剑》《穆桂英下山》等，只要这些书听了开头儿，就一心想知道书里描写的故事结局怎么样啦，所以才撵着听。在我们老家常能够听到的说唱形式有大鼓书、渔鼓、扬琴、坠子，以大鼓书最多，因为简便，一人一鼓一简板（檀板），支摊儿就唱。渔鼓更省事，一个圆长筒两头蒙上兽皮，双手上下有节奏地边拍打边唱。大戏有豫剧、二夹弦、山东梆子、四平调、大平调等，我们那里虽然是山东省，但不唱吕剧，可能是与河南相邻，豫剧团最多，县、乡都有，还有家族班。这就是我对听书和看大戏的记忆。

（二）

随着年龄的增长，我对说书和大戏的爱好也不断升华，也结交了戏曲圈儿的朋友，慢慢增长了一些戏曲知识。据老戏骨讲，唱戏和说书最早的目的是教育不识字的人。过去的百姓们识字的很少，他们没有机会进课堂接受教育，怎么广泛地使大家受到教育，这便产生了大戏和各门类说唱曲艺等一些教育方式。作者或编剧把历史上的民族精英、爱国英雄、孝子、贤人、贤妻良母以及民间流传下来的有趣故事，编成戏词，说唱给大家听，让广大人民群众在娱乐中受到教育，使这些英烈先贤的故事家喻户晓，成为广大人民群众的偶像。当然这些戏词儿也都包含着儒家、释家和道家思想，晓之以理。

在我们老家，对看戏听书还有句话叫“识戏”，也就是说看戏的人能按照戏的情节进入戏里。再进一步说叫“入戏”。再“入”得厉害的，便是戏迷了。我记得那个时候村村几乎都有戏迷，我也算是一个小戏迷吧。是戏迷不要紧，还有入迷的，那可叫真入迷。比方说，宋朝的戏就很让人入迷，看了杨家将戏里的人物，就想知道个究竟。说杨家七郎八虎大都战死沙场，就剩下六郎杨延昭一人了。可后来“杨家将”在保卫边疆厮杀战场遇难被困时，命丧疆场的杨家兄弟后人，一个个从某仙山上奉师父之命“下山”救难来了。后续的渔鼓书《杨宗英下山》《杨宗耀下山》等，比如，杨宗英就是杨七郎的夫人杜金娥所生，在战场上生下他，扯块布裹巴裹巴扔下他又骑马打仗去了，以后就忘了此事。谁知襁褓中的婴儿被山外高人所救，抚养习武，练就一身绝世武功，关键时刻奉师命临危下山。情节扣人心弦，热闹非凡，这便惹得戏迷们一味地追踪。这样的追踪慢慢变成了追根猎奇，还有个别的人钻了牛角尖儿，说宋朝杨家将的戏，没有一场戏里曾经说过百岁人佘老太君驾鹤西去的。因此，戏迷们传说佘老太君一直没有死，现在还活着，就是隐居在哪座大山里了。这个说法，我当年确实真真地相信过，而且信了得有好多年。这可能就是真正的戏迷吧。

戏迷的广泛，可不止我们老家那一片儿，后来，我通过看小说或其他书籍，就知道了很多地方都有戏迷。比方说著名作家山西“山药蛋”派代表赵树理先生写的《三里湾》一书，据说这部书的创作背景在山西省黎城县、河北省涉县与河南省林县交界处，说的是 20 世纪 50 年代的故事。书里描写了一位叫马多寿的农民，诨号叫“糊涂涂”，就是个十足的戏迷，他的诨号就来自戏里。说有一出北宋时期杨家将的戏，是新元帅穆桂英到边关元帅大帐接任公爹杨延昭的职位，杨延昭不知是谁来，怎样迎接。离帅位出迎时有一段唱词，第一句叫“糊涂涂出大帐我一把新帅相迎”。看戏第二天，马多寿使唤牲口犁地，边赶牛边唱“糊涂涂出大帐我一把新帅相迎”。他家的地是个三角地，起初地身长，犁一趟几乎能唱下来一整段戏词儿，犁了几趟后，地身逐渐短了，一句没唱完就得叫唤牲口掉头，一叫唤牲口，唱腔就打乱了，这便再从头唱，越犁越短，最后只唱“糊——涂——涂”三个字就得掉头，便成了忘情地拉着腔来回唱“糊涂涂”仨字。村里人从地头路过，看他老唱“糊涂涂”，这是咋啦？笑谈之后，就给他起了个外号叫“糊涂涂”。像这样的故事当时在村子里流传着很多。

（三）

看大戏听评书着了迷，从“相信”戏和评书里的话，再上升到“迷信”，都是说“信了”。信了就是接受了，这教育的目的就达到了。“戏文里怎么怎么说”，成了大家说事的理论根据和“口头禅”，多少人真正受戏里故事和人物精神的感染，也确实活学活用了。

我记忆里，那时说书的书词儿，唱戏的戏词儿，大多是“下里巴人”一类，遣词用句一般都很贴近百姓，再加上当地艺人惟妙惟肖的说唱艺术，所以听众很容易也愿意接受戏里内容。我小时候经常见到这样的场面，头一天晚上听了书或戏，第二天干农活时或端着饭碗在当街边吃边聊时，就一起说看过的戏，说着说着就开始“抬杠”（方言），就是争吵，俗语叫“争戏理”。有时小吵变成了大吵，最后吵到脸红脖子粗，争得不可开交，甚至还动了手。这种行为确实不雅，但说明一个问题，他们都“入戏”了。不管是争论戏的情节，还是争论戏理，或是说哪句戏词表达的意思，他们都把戏文里说的事当真，把戏词儿当了理论根据。这些都表明他们接受了戏的内容和思想，应该说从根本上接受了教育。

很多戏曲受众就是把戏里的话当“理”的，他们深受“戏文”和情节感染，所以能够活学活用。我奶奶劝架也经常用戏词里的话，比方说，劝年轻人要尊重孝顺老人，“你现在咋对待你的父母，将来你的儿女就会咋对待你”。“人都会老”，“太阳哪能老是正晌午”，方言“正晌午”说的是正当午时，也就是“正年轻”“青春年少”。这句话就是来自大鼓书开场的“定场诗”：“少年别笑白头翁，花开能有几时红。”

小时候奶奶用戏词鼓励我说得最多的话是“冻死迎风站，饿死不出声”，说男孩子从小要养成当“好汉”的举止，站有站相，坐有坐样，要学戏里的英雄豪杰。还说在我们家族里，我是这一辈儿里的大哥，当大哥就要有个长兄样子，像戏里说的那样不计较个人得失，做事不能琐琐碎碎，要威武大气。这些话至今我都记得很牢。

村子里有威望的老者，在处理父子不和、婆媳怄气、邻居吵架等家庭矛盾时，也经常引用书里面和戏里面的人和事，用大鼓书中讲的道理，劝人反思。好多次的吵架，就这样慢慢被劝得动摇了，回心转意了，和好了。这大概就是教育的力量，就是奶奶说的“说书唱戏劝人方”“戏理能当药方用”的道理吧。

那时，我就觉得戏里说的话就是评理的根据，就觉得这戏真好，曾多少次地想过，长大后一定要学唱戏。按现在的说法，如果是填写志愿，这可能就是我最初的一个小志愿吧。

我爱听说书，爱听戏，与奶奶有直接关系，受到了熏陶和感染，因为奶奶总是说书里和戏里讲的道理，常说给我和家人听，也经常用来劝解邻居。

奶奶常说“说书唱戏劝人方”，这个劝人的药方，能劝人做什么，长大后的我才慢慢感悟出这个方子是：劝人行善，劝人孝顺，劝人吃亏，劝人包容，劝人立志，劝人仗义和爱国，等等。

（四）

我这个小戏迷确实从大鼓书和大戏里学到了好多好多东西，有真正的历史，有某一段历史背景下产生的故事，也有一些虚构的吸引人的轶史，更多的则是让人励志、行侠仗义，这些都让我留下了深深的回忆和怀念。

在上小学四五年级的时候，我们村有对夫妻从河南一个县剧团按当时政策“下放”回乡，在村里落了户，男的是本村的，女的家是河南的。回乡后，由于他们是老戏人，唱得好，两口子不断应邀搭班和地方小剧团一起唱戏。我抓住这难得的机会，找他们抄戏词儿，学唱腔，记得好像学了好长一段时间。在一次全校师生大会上，我还唱过豫剧《南阳关》《黄鹤楼》的唱段呢。当时我站在同学们面前唱，看着他们那个羡慕的眼神儿，心里感觉甜甜的，这眼神儿确确实实鼓励了我好多年。

要说迷，我最迷的是大鼓书，说书艺人边说边唱还有形象逼真的动作比画，很拿人，一晚上说唱两三个小时，内容很多，比听大戏进度快。我最迷恋的一部大鼓书是《说唱英雄大八义》。这部书我听了有三四遍，确实被书里“哥八个”的行侠仗义感动了，当然这里面还有说书艺人的说唱技巧，这种喜欢和迷恋持续了好多年。我从部队回地方工作后，结识了一位爱看武侠小说的工友，他手里有一本《说唱英雄大八义》，是繁体字竖排版的，字很小，密密麻麻的。而且是说一段白话，再唱一段戏词的那种，和我小时候听的《大八义》一模一样。我如获至宝，连看了三遍，大体都能记下来。看后，就舍不得把书再还给那位工友了。耍赖，说用什么书交换都行，反正我一定要收藏此书，“拉钩上吊”，要什么就给什么。那位工友看我那么爱此书，也就无奈割爱了。我为什么那么喜欢这本书，那时最基本的想法，就是将来我失业了，可以拿着这本书，云游乡间，去说大鼓书了。用书里的故事去感化和教育人，再加上自己的理解和经历，去劝人。

这本书至今还保存着，它像一件珍宝，在我的一个小箱子里已经放了四十多年了。在20世纪90年代后期，我出差到张家口，在书市上，无意中见到了一套新版的上下两册《英雄大八义》，我又如获至宝，毫不犹豫地买下。当时立刻想到，看后如果和我收藏的那本老书一样，就把原书还给那位工友。谁知，还没来得及去看，被我家装修房子的小哥看中了，他看着看着，就被“看”走了。咳……就算和我一样喜欢这本书吧，也许又教化了一个人呢。

（五）

在说这些往事时，还得说“听戏”和“听书”给我留下的好奇，就像我当了几十年记者一样，遇事就想知道它的究竟。恰巧，在“行万里路”的路上，却见到了小时候在大鼓书里知道的真实的具体地方。原来只不过是个梦想，后来却真的有机会站在了那里。想想就觉得很好玩儿，当然，也很是感慨万千。比方说《隋唐演义》中的“瓦岗寨”，那在我脑子里可是个神秘的地方，眼前常有豫剧《对花枪》（后来改叫《花枪缘》）中小将罗焕打他叔叔罗成的场面。那山寨上有秦琼（叔宝）、程咬金、老罗艺、罗松，还有徐茂公等许多武艺高强的侠义人物，梦想着那山寨何等威武。这个历史上赫赫有名的瓦岗寨，就在离我们老家并不很远的河南省滑县，至今还有行政编制的瓦岗寨乡，还剩下一堆瓦砾的“小土堆”。还有“陈桥驿兵变”的河南省封丘县陈桥镇，那是赵匡胤蟒袍加身当皇上的地方，我的一位煤矿矿长朋友的老家就在那个县离陈桥镇不远的海庄村。站在那里看看现实，回忆当年听书迷恋的地方，浮想联翩，有很多很多想说的感受。

记得我和工人日报社孙德宏社长在十几年前聊天时说过这个内容，我说，小时候听书听过的，长大后又从史书里看到的，后来又到实地去过的，几种感受就融合在一起了，这对我来说很有意思也很有意义。他说，你可以把这样的事情和感受都写成一篇短文，有机会开个栏目一篇篇编发出来，会很不错的。后来这事撂下了，没能实现，确实也很遗憾。孙社长想开个栏目这事儿虽然搁浅，但他的想法能说明一个问题，大概也是想说一下现代版的"说书唱戏劝人方"吧。

"说书唱戏劝人方"，我从小千百遍听奶奶说，又从学龄前就迷恋了大鼓书和戏，这听书和戏曲里的故事与哲理，确实是我民间文化的最早启蒙。我的孩提时代又在农村经历过，所以我对"劝人方"很信，还有那些戏迷好多好玩儿的场面仿佛就在眼前。奶奶说的"说书唱戏劝人方"的道理，实际上是劝学。《礼记·大学》中的"修身齐家治国平天下"，排在第一位的是修身，是说先修炼好自己才能做好后面的事情。修身就是学习修养，而说书唱戏的"劝人方"，就是劝人学习励志，做好"修身"。大鼓书离我们远去了，电视和网络来了，我却忘不了听大鼓书的那个场面，儿时对知识的渴求之心，还有更深刻的"奶奶说"一直萦绕在脑子里，不敢忘怀。

七、赊鸡鸭的诚与情

“赊小鸡赊小鸭”这种买卖，现在说起来，得有半数以上的国人不知道怎么回事啦。

前些天一位好友给我打电话时，突然问我“你还记得赊小鸡赊小鸭的事不？”这一问，冷不丁地还真是把我给问愣了。但是，瞬间也就想起来了。那个场面很久远了，是20世纪五六十年代的事情。为什么瞬间就能记起它？因为那是儿时很好玩儿的一件事，记忆非常深刻。那也更是那个年代人与人之间和睦重诚信及互相信任的一个小缩影，是很值得怀念和向往的事情。

听老人讲，最早做赊小鸡赊小鸭生意的，是“南乡人”。后来才知道，那时说的“南乡人”并不很往南，就是河南省人。也有“西乡人”，也就是山西人。每年的春夏之交，赊小鸡赊小鸭的人，担着两个特大号的圆形竹编簸箕，现在想想那种簸箕的直径得有一米多宽，因为里面能盛下一二百只刚孵出几天的小鸡娃小鸭崽呢。他们担着大簸箕到各村吆喝：“小鸡嘹——卖小鸡！”

但弄不明白，明明是赊小鸡赊小鸭，为什么却吆喝“小鸡嘹——卖小鸡”？

为什么赊销？大概有这样两个原因：一是过去农村的春季，叫青黄不接时节，农村人除了生活必需品的花销之外，大都积蓄不多。应该说经济比较困难，买不起其他东西，所以愿意赊账。

二是比较现实。这个原因一般说的是鸭子，鸭子的价钱相比起来要高一些，买鸭子就是为了让它下蛋。如果买了两只鸣鸭（公鸭俗称鸣鸭）或者两只草鸭（母鸭俗称草鸭），就下不了蛋。这就必须先赊账，春天赊下，冬季来要账，如果鸭子没有下蛋，买者就可以不付账，卖者其实也不要钱。这就是互相信任又绝对执行的口头协议。

其实，赊鸭人很精明，确切地讲是很重诚信，他们事先把鸭崽的公母分清，用烧红的钢针在小鸣鸭（公鸭）的嘴角处烙个印，赊鸭时，一手抓两只，一只被烙烫过的，一只没被烙烫过的，它们准是一对，一年内准能下蛋。

“赊小鸡赊小鸭”的事儿，后来我才知道这个买卖是以“赊小鸭”为主，可能就是鸭子的公母问题，才派生出这种生意。小鸡崽可赊可买。这种生意不知是从什么时候开始的，已经延续了多少年。听奶奶讲，她从小就听她的爷爷说过“赊小鸡赊小鸭”的故事。从奶奶的话里我悟到，这生意起码有几百年的历史吧，或者说更久远。

“赊小鸡赊小鸭”的买卖人，都有一本账簿，谈好生意就记账，几月几日赊给某省某县某乡某村某某人几只鸡几只鸭，大概过了多半年以后，再跑来要账。赊者和买者，都建立在一个“信”字上，我赊给你小鸡小鸭，多长时间准能下蛋，在我来要账时，你要按赊账时说的价格照数付款。就是因为大家都能互重诚信，这种生意才能几百年或者是上千年地延续至今。后来听说，本地人觉着这种生意可做，也开起了鸡娃鸭苗孵化房，做起了这个营生。

每年“赊小鸡赊小鸭”的这个季节，是我孩提时代觉着很好玩儿的一件事情。记得每当春暖花开这个节气时，村子里经常有赊鸡赊鸭人光顾。摊子一摆，刚破壳没有几天的小鸡娃小鸭崽就“叽叽喳喳”地叫着，大人小孩儿围着大圆形的竹编簸箕喜笑颜开地看它们，小孩要抓，主人不让，哭着闹着，喊着嚷着，谈生意者笑一笑高一语低一言地商谈着，说话直率又和气，人们的脸上都挂着笑，热闹得很。大一些的小孩子嬉闹着在人群中钻来钻去，开心地玩着，场面简直像过节。

记得有一次我放学回家，刚进村头儿，就见村后的大水坑里，一小群一小群的淡黄色小鸭子，在绿色水面上叽叽喳喳地游着。也许它们是第一次下水，也许是在竹编簸箕里闷了好几天，在水面上玩得又开心又胆小，新鲜地，怯怯地，神态好玩儿极了。那一刻我断定，肯定是赊小鸡赊小鸭的来了。在坑边儿看了一阵儿，我便向村中央的小空场地跑去。那里早已经围满了人，像集市上的一角，有人双手捧着小鸡娃小鸭崽，审视着、掂量着、哄笑着、交谈着……小孩子们时而看小鸡鸭，时而在大人们站的缝隙里捉迷藏似的玩耍着、打闹着。谁家的大人赊了小鸡小鸭，小孩子就争抢着在手里捧上一只，稀罕的程度不亚于现在的小孩得到了一件“变形金刚”。我还清楚地记着把小鸡娃捧在手心里的感觉，手掌心被小鸡嫩爪抓得痒痒的，略有点疼，但还是觉着美得不行。

我还记得，村东头的毛大爷在秋收以后要去东北看望亲人，临行前把赊小鸡账钱，让我奶奶保管，哪天赊鸡人来，如数交还。还记得邻居朱大娘的娘家出了事，家里已无一文积蓄，在赊鸡人来之前，就东家借西家凑，说买的鸭子下蛋了，一定如数还账。但也确实有赊鸡人遵守承诺“不下蛋不要钱”的事。

留在我脑子里还有一个更深的记忆，赊鸡鸭人在村子里赶上吃午饭的时间，就在人们看小鸡小鸭的人比较少时，拿出干粮干啃。每当这时，几十年积德行善的奶奶，看不得别人吃苦，总是从家里端一碗热汤，或盛一些自家吃的菜加上热乎的窝头，送给赊鸡鸭人。赶上天气不好时，还把赊鸡鸭人领到家里避雨歇脚。赊鸡鸭人总想不负盛情，送上几只小鸡小鸭，奶奶总是说“你们出门在外，风里来雨里去多不容易”，除照价付款外，还送一些食物或挡雨用的东西。赊鸡鸭人离去时，感恩的眼神儿还透着真诚，那眼神儿让我久久不能忘怀。

“赊小鸡赊小鸭”的生意远去了，却留下了我儿时的美好回忆，当然第一位的还是回忆亲情，想奶奶的善良。想起那个时节老人们的音容笑貌，还有那个时代人们的单纯、朴实和诚信，淳朴的民风，人与人和谐的氛围，那场面不时在脑海里萦绕……

八、故乡的“生瓜梨枣”

说起家乡的生瓜梨枣，马上就想起那句乡谚：“生瓜梨枣，逮着就咬”。一提这八个字，瞬间就有垂涎欲滴的感觉。试想，在瓜园旁，梨树枣树下，瓜果伸手可摘，翘翘脚尖伸伸脖子张口就能咬到，多么诱人，真是美哉！

眼下，这八个字很少听到啦，但对我来说，却是非常美好的回忆。

我小时候跟奶奶在鲁西南老家农村生活时，从初夏的杏，到盛夏的甜瓜、西瓜，以至到秋天的梨、枣、石榴和秋末的柿子。村子里的院内、屋旁和村头儿、地边儿，眼看着树上的杏儿从青变黄，甜瓜、西瓜从小变大，枣儿从青变红……啊，现在眯上眼睛想一想从果树下瓜园旁走过的场面，还会沉浸在那种“美”的环境里。

记得每当这个季节，是小孩子们最欢乐的时候。在杏儿还青涩时，形状也没有长大，好奇的孩子们就开始“喉咙里长手”，总想尝尝鲜。可摘下来一吃，酸得双手捂着腮帮子蹦着直吸溜凉气儿。记得我就曾有多少次，吃酸杏吃“倒牙”了，吃饭时牙齿上下一合一碰就酸麻，根本不能正常咀嚼食物。

那时大人们嘴边不断地说“生瓜梨枣，逮着就咬”。当时我还曾朦胧地理解过“生”字是说还没有“熟”的意思，小孩子们酸杏一咬就“倒牙”了。长大点儿了，才知道“生”字应该是生鲜的意思。记得那个时候小孩子都是“偷”邻家树上和瓜园里的瓜果。为什么要“偷”？因为还没有“熟”，摘下来不能吃就扔掉，那就是老人说的“毁坏”[①]了，所以大人们不让小孩们过早地乱摘。就这个事儿而言，把“偷”字用在孩子们头上，有些严重，不应该说是偷。可古语又说“取而不言视为盗”，这样解释就是偷了。那如果“取而言”了呢？“大娘大爷我摘你们个酸杏吃”，那便不叫偷了。“偷”字实在难听，确切地说应该叫“悄悄地拿（摘）”，这个字眼中性，比较好。

“偷瓜”，可能是每个农村少年都有过的经历。这就是说，此举普遍得很。在甜瓜待熟不熟时，或是已经熟透时，孩子们从瓜地旁路过，眼睛往瓜园里一扫，青皮的“冰糖罐”（甜瓜的名字），绿中泛黄的“面甜瓜”，青中泛白的“白兰瓜”，甜瓜们在阳光下熠熠闪光，似乎在向少年们招手。那个诱人哪，像瓜香已沁入鼻腔，就要入胃，如果不钻进地里摘它个尝一尝，那便遗憾死了。此时，几个小伙伴儿大胆的撺掇小胆儿的，小胆儿的跟着大胆的，大胆地喊声：“一二三！”来个“说时迟那时快”哧溜就

① 方言，即浪费抛洒掉的意思。

钻进了瓜地，每人摘下一个抱着，急不择路地往外跑。看瓜的老头儿还没反应过来，孩子们就已经跑远了。看瓜“老神仙”大都在后面喊：“想吃就到瓜棚来吃，别把瓜秧给扯坏了，嗯嗯，这些孩子。”

我记得孩提时的小伙伴儿们，大都这样觉得：向看瓜老爷爷要瓜吃，贪嘴，脸红，但又想吃，怎么办？明偷！吃偷来的瓜时，还嘟囔着“大人们都说‘生瓜梨枣，逮着就咬’，我们这就叫‘逮着就咬’”。咳！“生瓜梨枣，逮着就咬”这句乡谚倒成了孩子们“偷瓜”吃的理论根据了，其实是一种“困境”自解吧。

后来，随着年龄的增长，对“生瓜梨枣，逮着就咬”这几个字，渐渐又有了字面以外的理解，它表现的是农民的质朴、真诚和热心肠。

这八个字应该说是在瓜果成熟的季节，无论到了谁家的果树下、瓜园旁，这里的主人见人路过，大都会热情地招呼大家：“来来，随便摘个尝尝，自己种的，不值啥钱，想吃就摘。”过路的人们说摘就摘，好像没有不好意思的。

准确地解释这八个字，应该说是一种社会风气，或说是社会现象，应该与“夜不闭户，路不拾遗”是相仿的“邻韵”。在水果熟了的季节，走到谁家树下，都能随便摘个果子尝尝，主人们大都不“抠门儿”。其实，即便是主人不主动招呼大家，人们也会向主人说一声“摘个尝尝”，哈哈哈，此时“说”和“动手摘”几乎是同时进行。也是一个“说时迟，那时快”，话音未落，果子即到手中。这个举动，表现出的恰恰是纯真、诚实和率直爽快。老家的话说得很幽默，笑谈戏说“拿自己不当外人”。这才是“民风淳朴和邻里和谐”的具体体现。

那时也有个别不让“逮着就咬”的。我们村东北角有一大片果园，主人叫“麻子”。这里品种多，杏树、海棠树（老家称花红树）、梨树、枣树、石榴树、柿子树，整个夏天和秋天，树上挂满了果子。可麻子老头很抠门儿，谁也不能进他家果园。他眼神不好，只要听见动静，就拿着长拐棍出来边舞棍子边喊骂。越是这样，调皮的孩子们就越逗他，每当从果园旁路过时有意弄出点儿动静来，逗他舞着棍子喊一阵儿。搞这种恶作剧，就是小孩子们的天性吧。

长大点儿后才知道，麻子老头不能下地干活儿，一年到头还指望着这些果子下来卖点钱过日子呢。

我们家在村后边的水坑旁，栽了三棵杏树，一棵一个品种，有黄有白有酸有甜，成熟也有早有晚。奶奶总是拣熟得早的甜杏让家人先摘一些下来，看见别人家的小孩子爬树“偷杏”，就喊“慢着点儿，别摔着！”然后再说，“家里有摘下来熟好的甜杏，到家里来吃吧”。像这样的场面，打我记事儿起，遇到过好多次。

像我奶奶这样做的，村子里有好几家，他们有家里栽梨树多的，也有栽枣树比较多的。比方说村东头有位叫张世连的老先生，村东南角还有位叫渠运章的老人，家里都有梨树，也像奶奶一样，从树上摘下来梨子放在地上好大一片，随时招呼过往的乡邻品尝。还有村西头的毛家大娘，家里有很多枣树，每到枣红了的季节，总是热心地吆喝着让大家来尝尝。被邀来者可伸手从树上摘，也有人拿着大娘递过来的棍子往树上敲打，打几下就能震下来一片红透了的鲜枣。毛家大娘看着很开心，好像吃她家的枣就是对她的尊重。如今，他们虽然已经作古，但我还记着他们的模样，这些老头儿老太太都很慈祥，他们招呼人的样子很可爱、真诚、热情、和蔼，一张笑脸一声喊实在暖人心，嘴里还不断地念叨着“生瓜梨枣，逮着就咬”。

“生瓜梨枣，逮着就咬”的场面不见了，由它而产生的故事也成了传说，但这句话却留下了。我每想起这八个字，就好像荡漾在那个时候的那种意境中，有画面、有味道、有情义。有情有景，情景交融，奶奶和那个时代的老人们的音容笑貌就自然浮现在眼前。他们淳朴的为人和高尚的风格及思想境界，是留给后代的无价之宝，是永恒的。

（原载于《工人日报》2020 年 10 月 18 日）

九、“亲戚越走越近”

走亲戚这个词儿似乎在城市里业已听不到了，在农村也不多提了，近亲之间只是有需求时才前去看看，平日里便很少走动了。但我觉得这种亲戚之间的疏远似乎丢掉了一种宝贵的东西，那就是情，亲情和友情。梳理儿时记忆，觉得走亲戚是联络感情的“有效渠道”，也印证和代表了那个年代，以及那个年代的人。

回想老家的走亲戚，很有趣，分析起来归为两大类：一是最集中的在春节和过八月十五（中秋节），人们再忙也要挤时间走亲戚。这种走亲戚一般是年轻人看望长辈，急急忙忙，当日往返。若不去看望，则会被人说“不懂事”。所以，在这个日子路上带着礼物的行人络绎不绝，热闹得很。此时走亲戚大抵是近亲，姑姑、姨姨、舅舅家等，严格讲是“串”亲戚，一天或者一个上午能串两家，人来了，这叫“人到礼不差”。

走亲戚最有看点的是新媳妇回娘家，叫新女婿上门儿，是最热闹的。鲁西南一带结婚头三年都叫新媳妇儿，走丈母娘家时兴闹新女婿，平辈儿嫂子、弟媳妯娌们，啥损招都有，年轻村妇大大咧咧的粗犷性格，常把新女婿闹得哭笑不得，看热闹的人可以用“成群结队”形容，简直成了村里一景。

二是春、夏、秋季节中的农闲日子，这是常态化的，故走动者很多，基本上是闲走亲戚且多不是至亲。我记忆最深刻的就是后者。

那是20世纪50年代，走亲戚的事儿当时很盛行，农闲时，亲戚们习惯互相走动。这种走亲戚就是闲串门儿住几天，说说家长里短心里话，说得心中透亮，同时也帮助干一些家务活儿。

住几天亲戚家临回去时，主人还会把家里能拿得出手的礼物送上。那时人们都这样，亲戚之间很真诚。本不是近亲的，来回走上几趟，也就亲近起来了。记得当时走亲戚回村，提着大包小兜，见人便兴奋地说：“走亲戚去啦，亲戚送的。”

我小时候走亲戚大都是跟奶奶去的，基本上在学龄前，当然，上小学以后也走过，毕竟少了许多。

我印象最深的走亲戚是夏季和秋天。为什么记那么牢？因为这个季节有许多好吃的瓜果，这与童年的贪玩儿和贪吃有关吧。记得那时走亲戚，一住就是好多天。在新环境里又能结识新的小伙伴儿，新伙伴儿往往会拿出自己最好玩儿的东西示好，愿结交，所以走亲戚会玩得很开心。亲戚会把家里最好的东西拿出来招待，热情周到，让人心里熨帖。返回时，亲戚家准给带上许多好吃的礼物。故此，小孩子们打心眼儿里愿意走这样的亲戚。

记得最清楚的一次，是跟奶奶去姨奶奶家，姨奶奶的村离我家 8 里路。姨奶奶和奶奶是表姊妹，脾气性格相同，待人和善，她们老姐儿俩有说不完的话。我对姨奶奶颇有好感，她说话细声慢语，慈祥可爱，很有亲和力。那次去姨奶奶家是伏天，刚到就下雨，下得很大，到处是水，本地话叫“下得坑满壕平”，庄稼淹了，村子的路也成了河。记得那次，奶奶担心家里被淹，雨一停就要回家。因到处是水，姨奶奶是要“派车”送的。

说起派的这种车，至今早已无影无踪了，恐怕现在农村四十五岁以下年龄的人都没见过，甚至没听说过。这种车叫“拖车”，“拖”字此处当地念四声“拓”。为了说清楚这种“车”，我还真费了一番周折，委托朋友帮助查地方志，查找旧时农具及交通用具，才得以表达清楚。

这种“拖车”并不是现在路上跑的拖车，它没有轮子，是一种特殊的车。它用木头做一个长方形架子，像床架，四根立柱担负主要支撑力，下边两条纵木比较粗，材质坚硬，它代替车轮接触地面滑行，木匠把底面刨得很光滑，以减少摩擦力，用牛、驴之类牲畜拉着走。上层有纵横四根木头撑子，上面可放犁子、耩子（原始播种机）、耙等体积大而重的农具，以减轻下田人路上负荷。这种“拖车”不受道路限制，什么路都能走，更不会陷入泥泞。农闲时，这种“拖车”可作交通工具，老太太走亲戚常坐，需要时，上层放一块门板，铺上一张草苫子，人坐上即可。

那天，姨奶奶家就是派这种“车”送我们。“拖车”路过一个集镇时，那里满街筒子全是水，平地有大腿根儿那么深，路洼处有齐腰深。临行时姨奶奶放到拖车门板上一堆甜瓜和西瓜，当水没过门板时，大瓜小瓜都漂了起来，远离了拖车。“说时迟，那时快”，不知哪来的勇气，我从拖车上哧溜一声就蹿下水，赶车人害怕我被淹着，比我还着急，下水里边护我边捞瓜，总算全部捞了上来。记得当时为了不让瓜再漂走，我脱掉裤子，两个裤脚用绳子扎起来，小的甜瓜装进裤腿里，大的西瓜放到裤裆裤腰处，露在外的再用绳子绑住，系在拖车立柱上……

记忆中，因为那是一场好玩又紧张的战斗哩，胜利就是没丢瓜。说到此，还得解释一下，不怕大家见笑，当地的男孩子七八岁上学前夏天常光屁股，夏天脱了裤子当口袋装瓜是常有的事儿。

每每走亲戚回家，小伙伴们很快就会聚来，听点儿稀罕见闻，也分吃一些从亲戚家带回的礼品。那个场面有点儿像电影《小兵张嘎》里张嘎在村头给小伙伴们讲政治课，没见过的再打听，不信的再问。

其实当时大人们也愿意从走亲戚回来的人那里打听信息，听听稀罕事儿。因为当时农村居住相对稳定，信息传递很慢。比方说去哪个村走亲戚，一般是事先委托双方村里到镇上赶集的人捎话，说这边准备去他们村谁家走亲戚。

那时走亲戚还有一种共同现象，就是走亲戚的人出门时，怕家里有时没人，鸡下了蛋没人拾，还有院子里长期晾晒的东西刮风下雨没人收。便告诉邻居家里钥匙放在何处，让隔壁婶子大娘帮忙把鸡蛋拾起来，阴雨天则把晾晒的东西及时收拾。那时邻居们都很热心，互相信任、互相帮忙，也互相依靠，相处得亲如一家，人们都念老理儿“谁家没个难事儿，人哪有用不着人的时候”。其实，那时农村各家门钥匙放在哪儿，几乎是公开的秘密——大都放在屋外窗台上、鸡窝旁边、旧鞋壳里，或者是周围也许再严实一点儿的地方。

走亲戚，没农村生活经历的，可能会在书上看见过。就像《红楼梦》第四十九回描述的，几家亲戚同时造访贾府（有的八竿子打不着的所谓亲戚也来了），那是一个非常好看的走亲戚场面——乱而热闹。还有刘姥姥闹笑话，使贾府老少欢喜不尽，临回时还送礼物给她。大管家凤姐儿对前来的亲戚说话很客气，还曾说过“亲戚们不大走动，都疏远了”之类有些歉意的话。

传世之作《增广贤文》里，也有“穷在闹市无人问，富在深山有远亲”的话。这是人们看不惯那种嫌贫爱富亲戚的俗象，总结而成。诸如“门前拴上高头马，不是亲来也是亲”“门前放根讨饭棍，亲戚故友不上门”，都是讲攀高枝儿的市井现象。

邓小平同志退休前最后接见一位外国总统时，说过一句话：“我马上就要退休了，希望你以后还要常来，中国有句俗话‘亲戚越走越近’嘛。”总设计师说的这句话，我一直谨记，因为这句话就是我们老家人常说的话，我从小就听奶奶常在口中念叨，所以格外亲切。这句老话，从国家最高领导人口中说出来，它不再是一句乡语农谚，在我心里有了一种沉甸甸的分量，甚至上升到真理。

不知是时光走得太快，还是社会发展神速，眼下“走亲戚”的字眼儿也需要到词典里找了，农用“拖车”只能到民俗农具展览馆去看实物了。这两个词里有许许多多故事，也藏着深深的亲情，那代表了一个时代。人们靠这种形式互相了解，增进感情，甚至互通有无传递信息，所以一直得以延伸。当年跟着奶奶拜访过的亲戚们，大都已经仙逝作古了，留下的只是故事回忆。我怀念奶奶，常想奶奶和亲戚们那种融洽的关系，也想那句“亲戚越走越近”的至理名言，还想到那位学者对走亲戚一词的解释：走亲，走亲，不走（动）就不亲了。

……

我深深怀念走亲戚的那个场面。

十、故乡行

中秋佳节，我回到了日夜思念的故乡——鲁西南平原一个普通的农村。

和往常回家探亲一样，我买了挂面、面包、糕点之类，向年事已高而总吃地瓜干的奶奶尽点孝心。

“孩子，现在我可用不着你带这些东西了，新政策叫俺吃饱喽。你看看，自从兴了责任田，咱家大囤尖小囤流，哈哈哈哈！”以往每次回家，奶奶总要向我发一通牢骚。如今从她脸上的笑纹里，我看到了党的三中全会精神的金光。她那爽朗的笑声，消除了我长途旅行的疲劳。

一轮圆月爬上了树梢，乡亲们才从地里回来。我问奶奶：“怎么下晌这么晚？”奶奶说：“傻孩子，今天是过节，下晌还是早的呢！要不，哪天不到更把天哪。”

家乡有这样的习惯，谁在外地工作几年，回乡了，大家都乐意凑在一起说说话，谈谈外面的新鲜事，再喝二两烧酒热闹热闹。今天又是节日，人们就更愿凑趣。

毛家伯伯先来，他端着一碗炸肉丸子，一盘煮花生米，腋下还夹着一瓶家乡人爱喝的“老窖”。接着，远方叔叔、邻家哥哥都相继而来。我又把近门的三爷爷、五爷爷请到，也请出远路和尚——邢台大曲，摆出中秋月饼，在皓月当空的庭院“大圆月”。

毛家伯伯说：“过去咱家‘地瓜干是主粮，鸡腚眼当银行’，现在可用不着说这话了。就说你家吧，八口人打了四千多斤麦子，棉花恐怕能卖这个数。”说着，他伸开五指翻了三下，表示一千五百元。接着又说：“要是以往遇到这样的大旱年，咱家可就更没法过喽！”

是啊，十年浩劫，家乡算得上山穷水尽了，社员全靠吃地瓜干糊口。花个零钱，买点盐，打点灯油，可不是全指望鸡下个蛋去换呗！因为一个劳动日才值八分钱啊！

翌日凌晨，才四点多钟，蒙眬中就被三叔吆喝牲口的声音吵醒。翻身起床，走到村头。嘿！真是乡村八月闲人少。和我家做地邻的五爷爷一家五口人竟一宿未眠，一整夜五张铁锨翻了三亩半地。我心里高兴，无心思在自家地里干活，好奇心驱使我“游手好闲”地转开了。

“嘚！咧咧！哈！”我知道这是毛家伯伯使唤牲口的声音。奇怪的是，旁边还跟着一个人，跟着学舌。走近一看，原来是毛家哥哥学使唤牲口呢！这位毛家哥哥，自幼上学，中学毕业后当了几年小队会计，后来在公社卫生院里学了两年医，干了两年赤脚医生。三十多岁了，农活家什不上手，叉、扫、犁、耙不会用。

现在毛伯伯老了，分了责任田，再当甩手掌柜，地谁种呢？这才又半路出家学起农活来。

我正跟他们聊得热火，那边走来了肩扛犁子的大队支书。这位支书当了二十多年大队干部，农活都快忘光了，现在也铁着心干起了农活。他说，还是三中全会精神好，社员的干劲大啊，不用敲三遍钟、喊破嗓子催人下地了。

这使我想起新中国成立初期出版的一部小说里的一段话："共产党把土地分给农民，农民把汗水与心血洒给土地，土地就把金谷银棉双手捧给人民。人民要把这劳动的胜利果实来建设国家……"

一天的劳动结束了，明月当空，繁星点点，与村庄上、场院里、部分地里的灯光交相辉映。社员骑着自行车，提着收音机收工了。

站在家乡的土地上，看着在月光下走动欢声笑语的乡亲，我感慨万千，忽然想起了唐代大诗人杜甫的两句诗："月是故乡明，露从今夜白。"

（原载于《邢台市新闻报》1982 年 4 月 24 日）

十一、除夕里的“汉唐之风”

说起“家长里短”这句成语，会觉得它太普通了。这是因为平时就挂在嘴边，家长里短嘛，就是邻居们在一起拉家常，东北人叫唠嗑儿，东家长西家短地闲聊。

一个偶然的机会，我翻出了“家长里短”这条成语的来历，这句话除了词里所表达的“拉家常”外，更深刻更重要的含义是“亲和近”。早在汉唐时期，行政管理“五家为一邻，五邻为一里”，这个体制叫“里坊制”，就是25家为一里，这一“里”的人朝夕相处，“远亲不如近邻”，互帮互让，“与人方便自己方便”。但多人一起长期为邻，家长里短的事情就会很多，难免产生“马勺碰锅沿儿”的小矛盾，但最后结果都是“狗皮袜子没反正”“清楚不了糊涂了”。这是因为“里”中家事，一切按“里”的道理进行处理。时间长了，这便形成了淳朴和谐的好风气。

解释“里”的亲近，我老家鲁西南农村以前过除夕的方式就很具有说服力。我的少年时代是跟着奶奶爷爷在老家度过的，记忆里最深刻和最热闹的事，就是年除夕熬夜。这种很值得留恋的过年方式。

20 世纪 50 年代到 80 年代中期，这种过年方式最为流行，年味也最为浓郁。那时，除夕当天家家户户从早到晚都在做吃的，没有正点的早餐和午饭，饿了就随手垫补点。也许是等晚上的大餐，毕竟一年才一次。傍晚时分，人们开始做酒菜，可做好的菜肴另有所用，并不像现在，全家老少围坐在一起，边看电视“春晚”边吃喝。

到了掌灯时分，人们开始出动了——男男女女，老老少少，端着自家做的菜肴走出家门。

这是去干什么？要到哪里去呢？其实大家事先早已约定好了去向，趁着过年各自找伙伴聚起来。这个活动没有名字，我暂且叫它“串门儿喝酒吃菜，聊天守岁”吧。

这一起吃、喝、聊、守岁的人，可不是随便聚的。地方话叫“十七不找十八的”，换个说法应该叫“人以群分”：

——老头班儿找老头儿，他们大都五六十岁，年纪太大便不出门了，喝不了酒了；

——年轻媳妇和大姑娘们是一茬的，也有两分的，这一茬人是最累的，吃喝说笑一会儿还得回家看看，她们当中大都是家庭主妇；

——青壮年男人是一拨儿的，他们是大吃豪饮、吹牛海侃的主力军；

——更有一批叫“半截翁”，所谓“半截翁”是指还没长成大小伙子的毛头小子，十五六岁，这一拨人是最热闹的；

当然，还有其他随意组合类别的……

这些“酒场”在谁家，就以谁家的菜肴为主，来参加的人有端一盘儿两盘儿菜的；有用干荷叶包只烧鸡或“烧羊肉”的；有端着菜，手指上挂着“一封果子”（一盒点心）孝敬这家老人的；还有胳肢窝里夹着“一棒子”酒的（当地称一瓶叫“一棒子”）；更有从外地赶回家过年带着“洋”货的。能带一大盘鲜水果的最为稀罕，因为那时在农村冬天是见不到新鲜水果的。大家一边吃喝，一边侃着大山，谈天说地，开心无比，在煤油灯或蜡烛的陪伴下，一气能熬到半夜。

我小时候经常参加这种熬夜，先是跟着爷爷参加老头班儿的聚会，过一会儿又去找母亲、婶婶和叔伯姑姑听她们聊天，再跑去三叔那一茬的“半截翁”那儿凑热闹，这几个聚点走下来，一个晚上就过去了，最后再回到家依偎在奶奶身边。当然，这种场合我随身是带着“小炮仗”的，但并不舍得一次点一挂，而是拆开一个个单放。从这家串到那家，走一路放几响，开心极了。记得有一次点小炮仗时，意外把装在口袋里的小炮仗点着了，噼里啪啦一兜全响了，新衣服被炸了好几个洞，结果就是母亲打奶奶护，不了了之了。

每年除夕下午后半晌，奶奶和母亲、婶婶都忙着做菜。我家人口多，奶奶人缘又好，到我们家喝酒熬夜的人多，要摆两大桌。奶奶心善好操心，一再嘱咐家人一定要多多准备。

后来我大致计算过，这样分摊儿过除夕的形式，小半个村得有十桌左右，参加人数少说有七八十口，往多里算，有上百口子。

老家有一句俗语，“过年过年，过了年就都过去了”，是说这一年里，邻里之间发生的那些不愉快的事，碰杯酒就“翻篇”了。这个传统不知是从什么时候延续下来的，真是一个很好的习俗。每每这时，大家既欢快，又能把隔阂“翻篇”，真是感情的一种释放。

老家当年这种过年的习俗，可把它归为汉唐民间文化的一种延续，还有一个最好的佐证，那就是我自己的经历。记得刚上小学时，也就是20世纪50年代中末期，我拿着小学课本，让比我大十岁左右的小叔叔大哥哥看。他们对着课本，竟然念出了“俄（我）们伟大祖国的首都北京”，把“我”音念成了“俄”音，不过这个“俄”读音是平声（一声）。

“我”念“饿”（四声），是陕西西安口音。鲁西南与西安远隔千里之遥，怎么会如此发声？我猜测，唐朝是不是也在推广普通话，西京长安的语言变成了官话，把“我”念成了“饿”，传到山东以后，音儿又走了韵，“我”音便念成了“俄”音，这一下子竟流传了1000多年。

老家农村还有一种风俗，也能佐证邻里的近和亲。在春种和秋收的关键时刻，如果谁家的大牲口突然死了，对于这家来说简直就是一场大灾难，俗话说“一头牲口半个家”。在这大难之时，就体现出了“里”的亲近。家族长辈或乡贤一吆喝，每户都高价来买这家的牲畜肉。东家三五斤，西家七八斤，家庭富裕的多买，穷的少买，家家伸手相帮。这样三两天就能凑够再买头牲口的钱。这“买肉相援”的暖心风俗，不知流传了多少年。

据有关史料记载，“里坊制”的管理体制，在汉唐之后，到宋朝就不使用了，但这种风俗习惯却在民间延续了下来。

记得奶奶健在时，我常回家过年，也曾拿着外地特产摆上年饭的餐桌，还把近邻三爷爷、五爷爷等请来团聚。奶奶1986年仙逝后，我便很少回老家过年了。我不是用本篇小文研究历史，更不是研究历史上的管理体制和方言官话，只是想称道邻里间的和睦关系。这淳朴良好的民风习俗，直到20世纪80年代中期还有，但不知怎的，后来就逐步消失了。记得20世纪90年代末，在给堂叔打电话拜年时，问有谁在家里喝酒聊天儿，回答是“已经聚不起来了”。听后，我很是惋惜，甚至还有些酸楚，曾经多么美好的风俗怎么就没有了呢？我很怀念那个年代的年味儿，我也会努力尝试将那种风俗延续下去，因“家”在“里”在。我有信心，一定尝试一下……

（原载于《中国副刊》2022年2月1日）

十二、吃燎麦

燎麦这个词，眼下几乎没有人在说了。年轻人如果不查词典不搜网络，根本不会知道它是什么意思。不过，放在上世纪 80 年代中期以前，只要是冬小麦种植区的人都不陌生，因为大家都吃过燎麦。

当时吃燎麦，可不是单为尝鲜。那年月农村都很穷，冬春两季青黄不接，若不是逢年过节，白面是舍不得吃的，只有老人病了，才擀点面条，做碗汤面。再就是家里来了客人，烙几张白面饼或者用和好的白面裹着粗粮面蒸几个“花窝窝头儿”，以示礼数。

多半年闻不到白面味儿的农村孩子和年轻后生们，在麦子还没有完全成熟之前，看着沉甸甸的麦穗儿，闻着将熟麦子散发出的清香，馋得喉咙眼儿伸出了手，总想早点弥补一下肚内的白面“饥荒”，享受一下新麦味道。这样一来，村里的孩子们便喜欢上了吃燎麦。

吃燎麦的节点是麦子要熟到八九成，苏中以北的鲁皖豫相邻区域有“楝子开花吃燎麦”之说。这个时候，把青黄色的麦子拔一大把，捆好用明火“燎”。在我的老家鲁西南，“燎”便是轻轻地用明火头儿微烧的意思。“燎麦”是个技术活儿，麦芒一见明火头儿，很快就变成了灰，所以需要掌握火候，反转着燎，直燎得黑黄中有点糊。接下来，再轻搓一阵子，把变成糠的麦皮吹掉，剩下就是有点微糊的鲜麦粒儿了——这便是软中又有韧劲儿的燎麦。

燎麦进口一嚼，味道极美。烤味，熏味，甜味，清新且纯纯的鲜香先充满鼻道，然后是黏黏的麦汁瞬间溢满口腔。如果多嚼一会儿，还有几分麦芽糖的味道，鲜美妙不可言。这番现场手工制作，绝不带添加剂，与白面馒头刚出蒸锅的香味相比，又有另一番美妙。

从记事起吃过无数次燎麦，最好吃的还是奶奶燎的，无论是火候掌握还是手搓力度，都是恰到好处。还要加上轻揉，这个轻揉是对孙辈倾注的爱，所以燎麦里有奶奶制作的独有味道。当然，爷爷燎出的燎麦也很好，韧劲比较大，有糊香味，很有嚼头儿。

每次做好燎麦，奶奶都会放在我的两只小手里。奶奶手大，我接过来就得双手捧着，舍不得一大口吃掉，品着味一点点细嚼。奶奶给我燎麦的时候，我总要还给奶奶一小撮，让奶奶尝尝。奶奶只放进口中几粒，一直含着，似乎舍不得咀嚼，剩余的麦粒拿在手里，看见谁家小孩恰巧从门口路过，就会给那位有口福的小儿。如果没有小孩从门口路过，奶奶就会把她手中的那些燎麦，全揇[①]到我的嘴里。

奶奶把燎麦揇进我嘴里那个被疼爱的瞬间，年年麦季都有，数不清多少次，至今想来还是历历在目，化为珍藏的美好回忆。同样在我记忆里的是，爷爷从没有往嘴里放过一粒儿燎麦。

让我一直忘不掉的，还有吃了酸杏后再吃燎麦的感觉。麦子青变黄时，树上青杏也在变得微黄。小孩儿嘴馋，从谁家杏树下走过，总是拿小棍打几颗不熟的杏下来，随手放进口中一嚼，甜味儿伴随着酸涩味儿的汁液一下就窜了出来，咽不下又舍不得吐，嚼几下便倒牙了。这个时候，若是赶紧嚼上一口新鲜的燎麦，全身打颤，汗毛瞬间都竖起来了。馋嘴的孩童这次倒牙了，下次还想侥幸，结果还是酸得手捂着腮帮子直跳，这就是不接受教训的狐狸心态吧。

当兵入伍离开家，我便再也没有吃过燎麦。但是，吃燎麦的场景一直装在心里，有儿时的留恋，更是对奶奶的思念，还有一些愧疚。

其实，小孩吃燎麦是开心的，大人却往往开心不起来。同样吃过燎麦的老战友孙长银说过，几把燎麦成熟后就能磨半斤白面，穷人家拿它熬成菜粥，全家可以吃上两天。我小时有奶奶爷爷娇惯，吃燎麦当做吃新鲜，没有体会老人心里的感受，只是知道奶奶手里拿着鲜鲜的燎麦不吃，爷爷更是从不粘口。孙长银的

---

① 揇 nǎn，三声，借用字，词典里无此方言字，“揇”字形象接近，意为全部放进口中。

话，一下子戳痛了我愧疚的心。再难不能卖“青苗”，再饿不能“吃种子”。熬过苦日子的农村人，都坚信这个道理。

那个吃燎麦的穷苦年代过去了，给在农村长大的人留下了永久记忆。儿时的童趣，燎麦的清香，青杏的酸涩，老人惜粮爱粮又对幼儿的宠爱，都融入了值得留恋的初夏。

在我印象里，有一位文人写过一段关于麦子的文字，先是“五谷之中，有一物焉：幼若韭，色青黄”，再是“既熟，若黄金，高可膝。农人刈之，脱其衣，得其食，去其肤，食其肉”，最后是“此吾北人所尚者，农家恒呼之曰：麦”。我料定这位文人吃过燎麦，更是爱麦之人，不然写不出这样美感十足的文字，竟能重重撞击了我的心。

（原载于《工人日报》2024 年 5 月 28 日）

欧洲纪事

十三、欧洲人“一根筋”的可爱

从2015年起，我有幸受河北省石家庄高新区供水排水公司邀请，以企业文化顾问身份，随该公司管乐团赴欧洲参加德国军乐节巡演，屈指算来，已连续四年踏上欧洲土地。

从初到德国和法国，好奇之后，也慢慢观察欧洲人，观察他们做事。因文化差异，看到了做事处事方式许多的不同。就说西方人的“一根筋”吧，20多年前，我一位久居美国的老友曾讲过一件事。他说在美国，中国人开车到收费口，收费7元，司机拿出10元，收费员说没3元找零。司机见桌上有面值5元纸币，又拿2元给收费员，说，给你12元你找我5元就行了。可收费员说，这一单还没算清，你再多给我钱，那更搞不清了。这在中国，绝大多数人都会轻易算清，对会打麻将的人来说，更不在话下。可收费员“一根筋”，算账不拐弯儿，便卡在这里。20多年前的“一根筋”故事，就住在我脑子里啦。

随着去欧洲的次数多了，和欧洲人接触多了，对他们“一根筋”似的固执、执着，倒是有了新体会。从某种意义上来讲，打破了我原来对西方人“一根筋”的认知，反倒觉得它可爱起来。

汉语对“一根筋”解释，是说某些人性格偏执或固执、不开窍、认死理儿不知变通、“一条道跑到黑”等，综述为“认死理儿”、不撞南墙不回头。

汉语词汇中还有一词叫“通融”，这个词解释也颇多。从最初“短期借款”的本义，到“破例迁就，变通办法，与人方便”等。

在德国，多次遇到与这两个词汇相关的事情。2017 年 2 月 16 日在奥登堡市演出馆军乐巡演时，我们管乐团有一个节目是管乐配大鼓舞狮子，两位演员穿的狮型服很大，尤其狮头很重，临上台之前得找个地方放下来，可后台狭窄，狮子头放哪儿就成了问题。突然演员崔建平发现“新大陆”，消防栓下消防通道是个空当。明知可能行不通但还想试试，他扛着狮子头刚往那里走了几步，一个工作人员就跑过来制止，边说边比画“这里绝不能放任何东西”。我们的人比画着说“就一会儿”“几十秒的事”，故意强调“理由”。不管你怎么说，对方就不给一丁点儿“通融”，坚决地说“No，No”。

眼看着狮型演员有意识“试探”和“搅和”，可对方绝不通融。此情此景，我瞬间想到了 1994 年新疆克拉玛依那场震惊全国的“12 · 8 大火”事件，那时，如果有对消防工作那么“一根筋”不“通融”的人，火灾也可能就会避免了，300 多名小学生也不会死于非命。

2017 年 3 月 3 日下午，管乐团在德国马格德堡市演出以后，不到 18 点，大家上了大巴车，演出成功都很高兴，这时候坐车去下一个城市，距离天黑还有一个半小时，观赏窗外的异国风光多惬意。

可 60 人全上车后，司机却说“不能开车”。为什么？48 岁的波兰籍女司机紫罗兰耸耸肩微笑着说：“没办法，这是规定。大巴车必须停满 9 个小时才可发车，大家得再等两个半小时。”乐团领导、翻译再三恳求也不行。有人出主意，先开车走一个多小时，大家看看沿途风光，然后再到服务区停够规定钟点。不管怎么说，女司机只是微笑着说“No，No”。我觉得，其实她也不希望走夜路，但她脑子的“一根筋”就是“绝不能逾越规定”。我当时也觉得这人太死板了，但还是耐着性子眼看着众人的一切要求被否定。

制度和规定那是绝对不可以随便“变通”的，其实这条“一根筋”的“倔”，是很可贵的。

还有一件记忆深刻的事，说来我自己也觉得有失大雅。那是 2016 年 2 月 3 日在赶往马克思故乡特里尔市的路上，我们住进一个叫维也纳（Vienna）的宾馆。次日早餐，因前一天没吃晚饭，早餐吃得又晚，很饿。我先用餐盘盛了一盘面包、果酱、奶酪、黄油、火腿肠等，又想再去拿俩面包片。为省事，没再拿小餐盘，直接用夹子夹了两片放在手中，就往餐桌处走去。

此时，一位黑胡子服务员制止了我，他比画着说，我听不懂，便回头用眼光求助。一位懂外语的年轻人告诉我，服务员说我不用餐盘用手拿，不雅观，要我把面包片盛在餐盘里面。

哇！丢人啦。在公众场合吃了多半辈子饭的我，竟让人指着说吃饭不雅。羞愧之余在想一个事，我们很多人都喜欢走捷径。比如，在许多公园都有一种现象，不管大小四四方方一块绿草坪，几乎每块草坪边上直角里，都有一小段被行人踩得露出黄土的、仅有一米多的小斜路，这是很多人走捷径留下的。尽管那里插着“小草也有生命，请勿踩踏”的牌子，还是像鲁迅先生说的“人走得多了，便成了路”。我图省事不拿餐盘，就是在公园走捷径的翻版。可就遇上“一根筋”服务生，让我当众出丑。

我服了德国人的较真劲儿，服务员连拿饭举止不雅也管。我为自己刚才的举动而羞愧，更敬佩人家“一根筋”的执着。我用面子换回了良习。

从那天起，我一直在想，觉得还是“一根筋”做事不越雷池好。在卢森堡高速路服务区超市排队买东西，有人钻隔离布条加塞，收银员就举手示意不要这样。在欧洲，人人“一根筋”对违反规定者义务监督。我们该从西方人“一根筋”举止中学到什么？不言而喻。“一根筋”也可谓一种精神，以此融入我们大国工匠精神，“工业 4.0”何愁不能实现。

（原载于《工人日报》2018 年 6 月 4 日）

十四、狮文化·“睡狮论”

一个偶然的机会，使我知道欧洲人那么爱狮子。

“你们再来德国，一定再带‘中国舞狮’，欧洲人太喜欢啦！”这是我在德国结识的国际军乐巡演艺术总监安德烈，多次向石家庄高新区供水排水公司总经理林自强提出的请求。

这家公司管乐团两次在欧洲演出“舞狮”时，观众看得着迷，不停地鼓掌、踏地板、吹口哨。狮型演员舞着“狮子”向前排观众眨巴大眼睛，逗得人们高兴地抚摸它，引来阵阵笑声。场面亲切，激动人心，两年中有十多万人观看赞叹。

我目睹了这样一个场面，并追踪拍下照片。一次演出后，观众散去，只有各国乐手们一拨一拨合影。这时，一个六七岁的小男孩儿，胆怯地跑到“狮子”跟前，眨巴着大眼睛，天真地看看狮子头，看看狮子毛，想用手摸却又不敢，但又想摸，便跑回到奶奶（也许是姥姥）身边，拉着奶奶给他壮胆儿，奶奶拉着孙子的小手来到“狮子”跟前。看到这有趣的一幕，狮型演员主动把孩子抱起来，任他抚摸，还和他们祖孙二人合影。

在以后每次演出后，都有观众走进场地与“狮型”合影，他们摸着狮头狮毛仰慕、喜欢的神情溢于言表。临回国时，中方应东道主请求，把狮型服赠送给他们以作纪念。

这一次管乐团换了新节目，没带狮子。欧洲人觉着遗憾，所以一再请求重上狮子舞。

欧洲人为什么这么喜欢中国狮子?

我曾想，欧洲人爱狮，是否与200年前拿破仑大帝那句“中国睡狮醒来将震动世界”的名言有关?这句话，200年来一直流传着，已家喻户晓。我还想，拿破仑的“睡狮论”，一定是因为中华民族伟大文化征服了拿破仑的心，他才说出这句影响世界的话，以至200年来千百万欧洲人一直绘声绘色地传说着“睡狮论”。

说起狮子、狮文化，似乎很久远。大约我十岁前，第一次到老家县城，那天正是元宵节。这个晚上，我同时见到了两种“狮子”，一个是静的，一个是动的。静的，是石头牌坊柱子前蹲卧着的石狮子，二目圆瞪甚是威武；动的，则是俩人穿狮型服在锣鼓伴奏下，跳来跳去甚是好玩儿。狮子的大眼睛忽闪忽闪的还会动，像小簸箕一般的大嘴还喷出火焰，好喜人。这是我最早对狮子的认识。

还记得在我上小学时，和伙伴儿一起下的一种棋，大概叫“兽棋”。棋子儿里面大象似乎很大，棋里的狮子、老虎、豹子、狼、狗、猫等棋子儿它都能吃，但唯一最小的棋子儿小老鼠却能钻象鼻子，吃大象。所以，这兽棋里没有最大和最小。可是因为谁大谁小总是常有争论，争论的主要话题，是狮子吃老虎，还是老虎吃狮子。一方说狮子“大”，另一方则说老虎是“兽中之王”。争执不下时，还脸红脖子粗地找家长、老师评判。不知找了多少次，评了多少回，以后还是因“狮子厉害”还是“老虎厉害”而争吵……

再后来，又知道官府大门口，大户人家大门口，用石狮子把门，是辟邪，是镇宅，是国人的讲究，是传统文化。

这种传统文化不但在大户人家、皇家，也在民间。比如，每逢佳节，各地都有民间乡艺舞狮子。人们套上五彩缤纷的狮子外套，模仿狮子行走坐卧，俯仰跳跃；还有，粮食丰收了，农民也舞狮子庆祝，由一对大狮子带着一群小狮子，嬉戏玩耍，表达喜庆；也有“双狮戏绣球”的舞蹈，寓意家族繁衍生生不息、社会繁荣等。还有寓意吉祥的“狮子滚绣球”图案，更有文殊菩萨以狮子为坐骑的神话等，都给狮子增添了吉祥和神灵之意。甚至“狮子滚绣球，好事在后头”成了人们盼好的口头禅，包含着人们对美好事物的盼望。

再后来，还进入了“食文化”，淮扬名菜便有号称始于隋唐时代的“狮子头”。据说唐代吏部尚书韦陟和郇国公吃饭时，看到巨大肉团子做成的葵花心，精美绝伦，说犹如“狮子之头”，宾客趁机奉承：“郇国公半生戎马，战功彪炳，应配狮子帅印。”此典故，一是讲了用狮子命名的菜，二是道出用狮子形状做把手的帅印。

狮子的传说有很多，千百年来逐步形成了许多寓意深刻、有象征意义的文化。

再后来，学了历史后，才从书本上知道，狮子原产地并不在中国，而是在非洲、印度、南美等地。汉武帝时张骞出使西域，打通了中国与西域各国来往，狮子才进入中国。据记载，刚进入时还在当时的国都引起了不小的轰动。从那时起，狮子这个“远道客人”开始走入中国人的民俗生活，不仅受到礼遇，而且国人对它厚爱有加，尊称之为“瑞兽”，把狮子抬到了与老虎不相上下的“兽中之王”的地位。

说到这里忽然冒出两种想法：一是儿时下兽棋争论的狮子大还是老虎大，似乎有了结果。二是觉着那时引进来的狮子，比现在的国宝熊猫高贵得多，已经进入神位，是可与麒麟等虚拟神兽相并列的吉祥象征。也正是在汉代，佛教传入中国。有书云：佛祖释迦牟尼降生时，“一手指天，一手指地”，作狮子吼曰：“天上地下，唯我独尊。”所以佛教徒将狮子视为庄严吉祥的神灵之兽而倍加崇拜。狮子由王者和勇敢精神，变成了一种象征，在中国形成文化的同时，也成了一种民族精神的要素。

据说在欧洲，狮子的形象并没有被神化，仍是“百兽之王”，象征勇猛、力量、统一寰宇和无上权力，很多贵族用狮子作为象征。在古代的埃及，狮子是战神的化身，埃及法老经常把自己的形象与狮子形象融合起来。我想，埃及狮身人面像可能就是代表了这个意思吧。

中国这些因对狮子的喜爱以至崇拜而形成的文化，是不是传进了“法国人的皇帝”拿破仑耳朵里，拿破仑再把欧洲人对于狮子的尊崇加以比较，对于中国狮文化和中国现状加以研究分析，对中国传统文化赞许有加，再然后才说出了那句“睡狮论”的传世名言？不得而知。

（原载于《工人日报》2018 年 8 月 13 日）

十五、都德《最后一课》故乡断想

2017 年 2 月 21 日，这一天永远留在了我的记忆里。

这天我和石家庄高新区供水排水公司管乐团的朋友们，一起去法国沙隆市参加嘉年华狂欢节。可万万没有想到的是，大巴车一进法国地界，竟然一下子到了法国著名的现实主义小说家都德所作《最后一课》原发地“阿尔萨斯－洛林”小城。这是我连做梦也不敢想的。因为这个地方在我心里是个神圣之地，自然对它也有神秘之感了。

我一直没有忘记 20 世纪 60 年代初，在初中课本上学过的这篇课文。老师讲这篇课文的情形，至今仍历历在目。记得语文老师崔树华讲课时很动情，课堂很严肃，静静地，听老师绘声绘色地描述着，那个场面仍记在脑子里，恍惚就在眼前。在大巴车上，一听翻译小蒋说前面是“阿尔萨斯－洛林”城时，我一下子就兴奋起来。我怎么会到这个神秘的地方？简直像是在做梦。

在以前看过的有关书籍里，知道《最后一课》是 1912 年由现代著名学者胡适翻译进入我国，并录入中学课本，且存在多年，在我国影响很大。胡适先生最早将都德的《最后一课》翻译过来时，起初译名为《割地》，我想，可能是因为近代中国割地赔款之痛让那个时代的知识分子痛心不已，译名《割地》应该是代表了当时以进步知识分子和有识之士为首的国人的一种心情吧。所以，从那个时候起，被选编到我国中学语文教材后，它已经超越了时间和意识形态的阻隔，不知影响教育了多少青少年学生，成了中国最有普遍群众基础的法国文学经典。其爱国主义的主题，也成了跨越国家和民族的无法撼动的共识。

许多资料介绍，阿尔丰斯·都德是法国 19 世纪著名的现实主义小说家，出生于普罗旺斯省尼姆城，其代表作《最后一课》《柏林之围》等都已成为世界文学的珍品。1870 年“普法战争”爆发，都德应征入伍，战争生活给他提供了新的创作题材，后来曾以战争生活为题材创作了不少爱国主义的短篇。1873 年他发表了著名短篇小说集《月曜日故事集》，大多数是以这次战争为背景的。其中的《最后一课》和《柏林之围》由于具有深刻的爱国主义内容和精湛的艺术技巧而享有极高的声誉，成为世界短篇小说中的杰作。《最后一课》描写普法战争后被割让给普鲁士的阿尔萨斯省中的一所乡村小学，向祖国语言告别的最后一堂法语课，通过一个童稚无知的小学生自叙，生动地表现了法国人民遭受异国统治的痛苦和对自己祖国的热爱。作品题材虽小，但精心剪裁，记叙详略得当，主题开掘得很深，小弗郎士的心理活动描写得细腻动人，教师韩麦尔先生作为一个爱国知识分子的典型形象栩栩如生。

我走在“阿尔萨斯－洛林”小城又老又小的街道上，这里曾经是当年都德《最后一课》的小主人翁小弗郎士上学时走过的街道吗？路边的田野是小弗郎士逃学时玩耍过的地方吗？他曾经是在哪棵树上“找鸟窝”呢？“锯木厂后边草地上，普鲁士兵正在操练”的情景，到底是在哪块场地上呢？当年那个旁边贴着布告的镇公所，被保存下来了吗？我的脑海里浮想联翩，不时地浮现出小弗郎士一边走路、一边踢着石子顽皮的样子。

走着走着，我想到了这篇小说里的另一位主人翁——小学教师——韩麦尔先生，想象着他像个牧师模样，“那条漂亮的礼服”准是条墨绿色袍子。他有“四十多年”的教龄，那当时应是有把年纪啦，是大胡子还是小胡子？一定是戴着一副老式黑框的眼镜，样子可怕但好像又很温和。因为当年我的语文老师崔树华讲这一课时，他就好像韩麦尔先生的样子。崔老师把我带入了那个意境——一位老教师的爱国情怀。韩麦尔先生让大家记住母语的那句话：“我们必须把它记在心里，永远别忘了它，亡了国当了奴隶的人民，只要牢牢记住他们的语言，就好像拿着一把打开监狱大门的钥匙。”

当时，并不觉得那是篇小说，认为文章里描述的就是实情。现在，根据当时的感觉，来到这个真实的地方，寻找着想象中的那些景物。可回到现实中，那确实只是一篇短篇小说，是虚构的艺术作品。我却追随着中国电影故事里描述的那些场景，去找主人翁的原型踪迹，认真地寻觅。事后，觉得自己好笑：是不是有些孩提时的幼稚？

我幼稚的执着，像对待真事一样，去想，去找，却听说竟然有一些人对这一不朽之作的真伪提出了质疑，说这篇影响过全世界的作品，“误导”了人们一个世纪。他们的理由是该地人口主要为日耳曼人，大部分当地人一直使用德语，电视和报纸也以德语为主。这里虽然至今归属于法国，可这个市所辖地区百分之九十以上的人都说德语。所以，事实上没有人被逼着学德语，更不可能出现不让学法语的状况。

我觉得都德写的是小说，不是纪实，他是出于他的爱国热情，也有对时局的判断，用小说的形式来反映他的志向，才创作出这篇不朽之作。所以说，这位爱国主义作家的精神非常值得敬仰。历来大家都说艺术是来源于生活又高于生活，都德的选材背景反映了他的真情实感。决不能说成“误导”。

我回国后让朋友又找到当年的语文课本，看着这本五十多年前发黄的旧书，思绪悠长，想到很多往事。在记忆里这篇课文好像没有那么长，觉着也就千把字，现在数一数，还真有两千七八百字呢。拿着这本语文课本，再想想在“阿尔萨斯－洛林”小城看到的、想到的，想想作者都德，又想想胡适时代的那些民国文人。想他们的激情和行为，顿觉他们有一个共同的名字——爱国人士。

十六、说不尽的“柏林墙”

2016年和2017年我两次到过德国柏林，两次见到“柏林墙”。

第一次只是路过，那天是集体行动，没安排在此停留。“柏林墙”一侧是一条马路，路两边窄巴巴的。路过时，车上的朋友们一致请求司机缓行，这样从头到尾行驶了也就不到两分钟时间。说时迟那时快，我迅速拿出相机和手机，从车窗往外对着“墙”一个劲地“咔嚓”。这想见不得见，见了又不能停下看，更使这“柏林墙”蒙上了一层神秘面纱，更加对它充满了无限的好奇和疑问。

这第一次看“柏林墙”，却不见真容，只看见“墙”上满满的涂鸦，真是“不‘见’庐山真面目”。我原以为这些涂鸦是在“柏林墙”被推倒后，市民们在保留的这一段墙上开心地乱抹乱画。直到第二次来时，才知实情，用天津话讲叫“敢情两码事儿”。

我在没上初中时，就知道东德西德，因为在老家山东见过“东德大轮”自行车，所谓“大轮”自行车，特点就是载重大，轮盘只能往前蹬，不能往后倒，一倒，就是刹闸。青岛产的金鹿牌自行车就是与东德大轮一个技术。所以那时就听说德国首都一个城市用一堵墙给隔开，叫“柏林墙”。因为年少，世界知识甚少，那时就猜想，这墙会是啥样子？一定像中国的古代县城、京城城墙那么厚。甚至在没来德国之前，还想着到了柏林，能不能偷小半块“柏林墙”的“墙砖”拿回来作纪念。根本没想到，它却是用钢筋混凝土筑成。

不过，这是第二次到“柏林墙”之后才知道的。

2017 年 3 月的一天，我随行的石家庄高新区供水排水公司管乐团竟然安排到柏林演出，地点是“奔驰”演出馆，就在“柏林墙”旁边。这机会像是从天而降的。午饭后，乐手们走场排练，我便和随行的朋友搭伴，来看“柏林墙”。

柏林“奔驰”演出馆离“柏林墙”也就 300 米远。这天天气晴朗，蓝天白云，阳光灿烂，的确是一个参观、游览、沉思、遐想的好日子。2016 年路过时，没捞着细看“柏林墙”，所以对我来说就像蒙上了一层神秘面纱。这次来则截然不同，在它跟前，我有足够时间观察它、丈量它、思忖它、探索它。

我身高一米八多点，站在“柏林墙”断墙边上伸出单臂向上比画，觉得它足有 3 米多高。这个钢筋混凝土建筑，上薄下厚。从被推倒的横截面上看，上端有十多公分厚，下端有二十多公分厚。底座的西面有一米多宽的根基，而且很厚，残墙露出了很粗的钢筋。另一侧的底座有二十公分宽。墙体很坚硬，从“墙”的制造结构来看，从有二十公分宽底座的东边向有一米多宽底座的西面推，是绝对推不倒的，当然也不会轻易被砸垮。

我原来想，“柏林墙”应该是1945年第二次世界大战结束后就建成的，这次看到才知道是1961年才建的。

1961年8月13日，苏联和民主德国为封锁东西柏林之间的来往决定采取行动，从8月15日起沿着东西柏林的分界线，在东柏林境内修建起一道“柏林墙”。从此西柏林人进出东柏林都要经过边境站的检查，还需要办理入境手续。这和两个国家一样，因为美、英、法三国占领统治的西德叫“德意志联邦共和国”，苏联占领的东德叫“德意志民主共和国”。东德建筑的这道“柏林墙”，还有另外一个名字，叫“反法西斯防卫墙”。

据史料记载，德国从1958年到1961年期间，发生了第二次“柏林危机”，东柏林人心惶惶，仅1960年跑离民主德国的就达15万多人。据统计，从战后到1961年夏，离开东柏林的人超过200万，其中有很多是技术人员。与此同时，西柏林成了西方国家的宣传中心和间谍中心。在这种背景下，东德决定建筑“柏林墙”，防止出现人员出逃。

“柏林墙”的建筑，一种说法是，一周时间建成，柏林市区里为钢筋混凝土，城外为铁丝网，25公里长；另一种说法是，169.5公里长（可能为全边境）。据说，此墙建成后，从1961年到1989年，28年间试图越墙跑离者达5000人，被捕者3000多人，被击毙者61人。大巴车司机皮特先生，路过路边铁丝网时说，那时郊外看护铁丝网的卫兵有对靠近铁丝网的越境者开枪的权力。这就好解释为什么曾击毙过 61 人了。

据介绍，1989 年“柏林墙”被推倒后，特意在柏林火车站前，留下了 1.3 公里长的一段“柏林墙”作纪念，就是现在看到的这段残垣断壁。1990 年，柏林市政府邀请了来自 21 个国家的 180 多名艺术家，在长达 1316 米的柏林墙上创作了不同主题的绘画。其中最著名的一幅画，是俄罗斯艺术家德米特里·弗鲁贝尔创作的《兄弟之吻》。画面上是苏联共产党前总书记勃列日涅夫和东德总书记昂纳克。

看着涂在墙上的巨大画幅，责怪自己缺乏绘画知识，看不太懂，这大概是人们说的印象派画吧。虽说知道印象派，但很多是看不太懂的，即使细看也看不懂，不听人解释无法了解这一幅幅画的内涵和意蕴。

“柏林墙”的故事，真是说不尽，有的也好像说不太明白……

如今，这保留着的一千多米残垣断壁，成了一个全世界人旅游和探索的好去处，成了一个很好的“景点儿”。而这个“景点儿”是自然的，并不像一些“景点儿”用铁篱笆把它围起来，然后再建设收费口。我对一些用铁篱笆围“景点儿”的做法很反感。我曾去过的那些文化古迹、名胜古迹、名人故居，现在几乎概莫能免。然后是为景点服务的“一条龙”生意。这哪还是看景点，追思故人，回忆历史？到了跟前，顿觉索然无味了。

我在“柏林墙”西侧施普雷河的河畔上，沉思着走了神儿，一下子想到了之前所去的一些景区的乱象。想到熙熙攘攘乱哄哄的样子，再看看这里休闲悠然的场景，不由得感慨万千。

站在施普雷河河畔，看着河面上忽而飞起的白色的不知叫什么名字的鸟儿，一会儿在水面低旋，一会儿又在高空翱翔。看着静静流淌的河水，看着河心里缓慢行驶的游船，再看看身旁稀稀疏疏各色皮肤的游人，看着他们悠然休闲的样子。再想想六七十年前的这里，从战火纷飞的战场到一堵墙两个世界的“冷战”时期。感慨万分，没有战争多好啊，都像现在这个样子，人们生活是休闲的，无忧无虑的，而不是胆战心惊、担惊受怕的。全世界人民都爱好和平呀。站在这河畔，想着只有这条河，这河水，见证着这里所发生的一切。正像《三国演义》开篇《临江仙》词里说的一样，这河水“惯看秋月春风”，不尽的流水，漫长的岁月，可谈的往事，说不尽呀说不尽……

我和朋友相互用手机拍了几张不同角度的照片，以作纪念，更多的是留作闲暇时看看它，看着它继续思考和遐想。

十七、不莱梅的“城市乐手”

2017 年初春的一个下午，我和石家庄高新区供水排水公司几十名工人管乐乐手从祖国首都北京经过十几个小时的“穿越”（当然这个是穿越云层），到了德国汉堡，转眼间又到了世界闻名的奔驰车生产基地——不莱梅市。

东道主安德烈领我们到市政厅和广场参观。广场一侧有一座大教堂，这是我在欧洲见过的最大教堂。广场上稀稀疏疏的人在散步，场中央有一男子领着两只狗，狗站在一边，他不断用一根绳子蘸着肥皂水拉出一串串肥皂泡，大泡小泡随着微风高高低低地飞来飞去，水泡好像还有点儿颜色，甚是好看，成了广场一景，前来观赏者还不时向狗旁边的钱盒里投币。

这是一大片标准的欧洲风格建筑群，非常精美。我和供水排水公司老总林自强交谈：如在我们家乡这么大的空阔地方，起码得有十支以上的队伍高分贝放着音乐跳广场舞。可这里只有悠闲的行人，没有一点儿嘈杂声。

我们信步游览，紧挨着广场有一条小街，过一道小拱形门，看到街道和往两边延伸的胡同墙壁上有许多艺术雕塑，都精致得很。整条小街非常干净，人来人往中没有丝毫喧哗，好像在博物馆里参观一样。

广场一隅，有一个小门脸，看上去像个小教堂，安德烈告诉我们，这就是不莱梅市的市政厅。大门关着，没看见有人进出，也没有门卫。大门两边只有两个冷兵器时代的铜质雕塑骑士，旁边还有雕塑的铜人、铜马等，古朴典雅。怎么看也不像市政厅大门。

我们正在游览观看不莱梅市政厅大门时，突然发现市政厅右侧一座楼的楼角有一群人围观，凑过去一看，噢，原来是一件由四个小动物组成的铜质雕塑，像叠罗汉一样耸立在楼墙旁边。啊，这就是闻名于世的格林童话《不莱梅的城市乐手》群雕。

就是这个小群雕，瞬间让来者“穿越”到格林童话里。这大概是当下说的真正“穿越”，一下子到了中世纪：

《不莱梅的城市乐手》讲述了四个动物的故事，它们是一只鸡、一只猫、一条狗和一头驴。因为它们年纪太大了，各自的主人要将它们宰杀，它们成功逃出来后又意外碰到一起。根据驴的提议，它们决定一起去不莱梅做城市乐手。

在去不莱梅的路上，它们发现一间森林小屋，屋里有四个强盗正在享受他们的不义之财。四个动物一个站在一个的背上，决定通过演奏音乐乞求换来一顿饱餐。可是，它们的“音乐”收到了意料之外的效果，强盗们不知道这奇怪的声音是什么，撒腿逃命去了。动物们进屋美餐了一顿，并决定在屋里过夜。

当天晚上，强盗返回并派其中的一个进屋检查。屋子里一片漆黑，强盗看到了猫的眼睛在黑暗中发亮，他以为那是火炭，凑上前去想要借此点亮手中的蜡烛。这时候，猫用爪子猛抓强盗的脸，接着驴用腿踢他，狗咬他，最后鸡大声鸣叫，将强盗赶出了屋。

逃出来的强盗告诉同伙，他被一群怪物围攻，有一个巫婆用指甲抓他，一个巨人用棍子打他，而最可怕的是还有一个魔鬼对着他的耳朵尖叫。强盗们放弃了小屋再也没敢回来，而动物们则在那里愉快地生活了下去。

据《不莱梅的城市乐手》背景资料介绍，这个童话起源于中世纪，在多个版本中，故事的精髓一直没有改变，那就是弱者只要齐心协力就能够战胜强者。19 世纪初，格林兄弟用童话的方式写下了这个故事。

《不莱梅的城市乐手》雕塑是不莱梅的标志。摆放在不莱梅市政厅的右侧，这一尊 2 米高的铜制雕塑，讲述着这个童话故事，雕塑从上至下分别是主人公鸡、猫、狗和驴，这是德国雕刻家格哈德·马尔克斯（Gerhard Marcks）1951 年的作品。同样的雕塑也摆放在不莱梅的友好城市拉脱维亚的首都里加和另一座同样名叫不莱梅的城市——德国的恩瑟——不莱梅。

许多人相信，如果抱住驴的前腿许愿就会实现愿望，雕塑的这个位置因此被游客摸得发亮。听说这是不莱梅的标志，朋友们也纷纷在雕塑前留影，有人抓住小动物的腿，摆个姿势，笑脸绽开着，甚是开心。

了解了这个雕塑，也进一步知道了这个城市。原来这里是不莱梅的旧城区，房屋也大都建于15—16世纪。据说，最初有钱人都居住在这里，后来被手工艺匠人们代替了，一直到今天。这里有曲曲折折错综交叉的小巷，石板路两边是木架白墙的老房子，还有精雕细刻的石露台，让人遐想。最引人入胜的是这些老房子店铺和作坊，各类首饰、手编工艺、陶器，散发着巨大魅力。

当年读过格林童话，知道这个故事，但没在意。这次到了这里，重温和见证了这个古老的童话。从内心深处感谢不莱梅这个城市，虽然这则童话“是对当时不莱梅文化质量的讽刺”，可不莱梅人并没有那么“小气”，依旧喜爱它，不但没改原创，而且还在那么重要的地方再建雕塑。这恰恰说明了不莱梅人对文化遗产的尊重，是大度更是胸怀，给世界留下了一笔文化财富。

这使我马上联想到一些地方的改地名，有的地域名字只要感觉不好听，或者涉及的历史典故不雅，不管多悠久，就得马上改。据记载，把名改得不伦不类者甚多，正在传言要改的地方也不少。无论从古老文化的传承角度考虑，还是从百姓的喜好角度考虑，都阻挡不住改名的热潮。已经改过的也好，正在酝酿改的也罢，脑子一时发热就改，这不好，应该先考虑尊重历史，尊重传统文化，也应尊重百姓意愿。在这一点上说，不莱梅市“不小气”“不计较”“尊重历史文化传说”是非常值得敬佩的。

（原载于《散文百家》2021年第9期）

十八、莱比锡城的书民

我随行的石家庄高新区供水排水公司管乐团在德国军乐巡演期间，紧张之余，还是有机会逛街的。有一次团队刚到莱比锡，有一个多小时空闲，大家还是愿意再转转这个世界闻名的音乐之城。这次看的是主城区，原来在欧洲其他城市虽然也看过不少欧派建筑，但还是觉得这里有很多新颖之处。

街上的行人，各肤色各形态的男女老少都很悠闲，我还发现，这里的抽烟者以女士居多，女士又以年轻者居多，而且姿态十分优雅，没让人觉得反感。

几十年记者生涯，到了新地方总愿意捕捉“新闻点”，找点儿新奇的画面摄入镜头。真是巧，和几个朋友正走着，无意中一扭头，突然看见一个就是摆也难摆成的镜头画面。一位年轻漂亮的金发女郎，在繁华的街市旁，坐在一个小建筑的木台边上，心无旁骛地认真看着书。她那认真的样子很可爱，我拿着手机给她拍摄，她竟然毫无察觉。我得寸进尺，又往她近前走了两三步，把手机已调成“放大”，手机也已经“咔嚓”了，她仍然毫无反应，浑然不觉。噢，大概她已经进入书里，正在她的“世界”里遨游。我如果继续再拍，那便是不礼貌了。但我真的不想就此作罢，因为这个镜头太难求了。

我同行的朋友一直在小声叫我，用肢体动作催我，我只好恋恋不舍地离开。我一边走一边想，这位被抓拍到镜头里的青年女郎，大概是走路走累了，想坐下来歇歇脚，但坐下来的第一个动作，就是拿出了书。我很感慨，也赞叹她的这个举动。

一晃，一年过去。我又一次来到莱比锡市，我们乘坐的大巴车停在著名的巴赫教堂不远处，大家在巴赫教堂前合影后，便分散开自由活动。这天是个阴天，看不见太阳，方向也辨不清。也不知是去年的方向正确，还是今年的判断准确。我信步走着，无意中来到一个街口，觉得这儿那么熟悉。站定后我向四周环顾的一瞬间，马上反应过来，也迅速确定位置，找到了去年那个坐着读书女郎的小建筑的平台。那是个可遇而不可求的珍贵镜头，回国后我把所抓拍金发女郎街头读书的照片给朋友们看，多少人向我索要，我也反复审视这张摄影作品，很是自我欣赏，心中十分得意。

今年再到此处，虽然读书女郎看不见了，按中国俗语说，重来此处就是机缘，今天倒是有充裕的时间仔细看看这个小建筑。看着看着，有点儿愣神儿，想那位女郎眼下也许在某个城市某条街的某个地方正在读书吧。我审视了这个小建筑一圈儿，确定它就是一个广告亭，不过这个广告亭很人性化，底座建了半圈好像是专门让行人坐下来休息的木质平台，逛街逛累了的人可以在此临时小憩。我又把这个小亭子式的建筑拍了一个全景，然后又在去年读书女郎坐的空位置拍了一个近景。就在拍照的瞬间，突然想起了唐代诗人崔护的《题都城南庄》：“去年今日此门中，人面桃花相映红。人面不知何处去，桃花依旧笑春风。”看着空空的小亭子，顿时，觉得就是一个情景再现，竟然有了崔老先生相同的感觉，萌发了诗意，当即便诌了小诗一首：“去年今日街边亭，金发女郎捧书影。女郎携书何处去？似闻亭座翻书声。”

我把这首小诗连同空座的小亭照片，一起发了微信朋友圈，没想到一下子引来了那么多朋友的关注和点赞。看到微信朋友圈的其中两位朋友还提议，应该把去年金发女郎在那里看书的图片，和今年女郎坐过的空座位一起发出来，对比着看。我沉思过后，倒觉得这样太全了，反倒不好，应该空缺这幅照片，让大家去想象，留一个遐想的空间。这也算是一种残缺美吧。

这天，虽然遗憾地没再看见在休息亭看书的女郎，却看清了去年金发女郎读书所坐的地方，也算是一个弥补吧。还有更令我兴奋的一个镜头，就在离小广告亭不远处，发现了一位摆摊乞讨的读书男士，我站在那里仔细观看了一会儿，也同样拍下了照片。他面前摆着一个乞讨钱的盒子，旁边还卧着一只很忠诚的宠物狗。乞讨者没有看着往来的行人脸色开口乞讨，更没有一副可怜兮兮的样子，而是像去年那位读书的金发女郎一样，正捧着一本书专心致志低头阅读，根本不抬头观察任何一位过往者。

这个镜头也同样让我惊讶！我很感慨这两年让我碰到的这两

个珍贵镜头，也庆幸拍下了两张难得的照片，甚至值得炫耀。觉着哪怕发个微信朋友圈，也会影响一大群人。让大家看看不管在什么环境条件下，人人喜欢读书，自觉读书，真是可敬可赞。说到此处，我突然想到，莱比锡市不但是世界闻名的博览会城和音乐城，它还有一个名字——书城。

我两次在莱比锡街头偶然见到的读书人，只是巧遇，也似乎看到这座城市任何一个地方都会有正在阅读的人。

网上曾一度传说，我们国家人均读书量在全世界发展中国家是比较低的，我们一直在喊实现“伟大复兴”，靠什么？全民读书应该是一个很有效的途径吧。

十九、“鸟别墅”随想

由于工作的原因，近几年我曾三次到过德国的莱比锡市。三次住的宾馆好像都在郊区，站在房间里打开窗户远眺，有“云开绿野皆是画”之感，满眼的绿色，一片片树木长得郁郁葱葱，茂密的树叶一层一层地随风摆动着，一瞬间，我的心情顿觉开阔爽朗。

据说，德国的大诗人歌德十分喜欢这个城市，还称它是“小巴黎”。我猜想他的喜欢，可能与这个城市的郊外处处都有葱郁的菩提树林有关吧。这里的人们说，“莱比锡”这个名字在当地古语中意思是“种有菩提树的地方”。由此，便可以这样理解，这里的人们爱树，爱美，更爱生活。这座城市还被人称为“音乐之城”。也正是它有“音乐之城”这一美称的缘故，我才有机会跟随石家庄高新区供水排水公司管乐团连着三次到这里演出。

莱比锡是非常著名的音乐之城，1743 年就建立了德国最早的大型音乐厅。莱比锡的居民酷爱音乐，差不多都会小提琴等各种乐器。这里是德国音乐会的发源地，夏天的时候，总会办很多场露天音乐会。

每次跟随乐团来这里演出，我都会与几个朋友抽空一起在小街边的巷子里转一转，闲庭信步到处走走看看。这里的小街虽然很窄，却很干净，街道两边的单门独户小院落，家家都布置得很得体，都有所不同，不论是树木还是盆栽以及花草，处处疏落有序，葳蕤茂盛，各有特色，看得出这里的人们非常热爱生活。

有一次，和几个朋友在一条小街边正行走着，偶见一景，咦！这太稀奇了，便驻足欣赏：这是一个搭建在高空的袖珍“小别墅”，很是别致。这座“别墅”不是人住的地方，而是鸟的宿舍。这个小“房子”在这户人家房后用灌木插成的绿篱“园子”里，玲珑小巧的小屋，是用几根木头柱子支撑起来的，大约离地面有一人高，建筑物搭得十分精致秀美。绿色房顶，墙体是黄色，门，窗户，窗纱，鸟吃食儿的、喝水的，甚至玩儿的器具，就像真在这里过日子似的，一应俱全。

主人制作得很细致，在栏杆柱子一侧，挂着一个好像盛水用的半截小桶，小桶下面小房子的平台上还有一个好像专门放食儿用的食盘，更有一个像彩色塑料滑梯一样的设备，搭建在出入的小门前。我想，主人大概仿照幼儿园的设施给鸟准备的吧。件件物件设施，都透露出搭建者的细致和用心。

我看呆了，这家主人好有情趣，好精心啊。此时又突然起了诗意，便作了一首：“绿顶黄墙空中悬，玻璃后面白窗帘；竟是主人有情趣，鸟儿别墅多休闲。”我用手机从多角度拍下了这座精致的悬空小“别墅”，虽然没看见小鸟们在里面或在平台上嬉戏玩耍，可我能想象到它们在时的欢乐，似乎能听到它们很美的叫声。

从这栋主人家的“鸟别墅”，似乎已经见到这家的主人，继而想到这座城市的主人。他们在休闲的生活中多有情趣，多有情调，多有爱心。

回来的路上，我的思绪在驰骋：一是猜想，这家主人是不是给鸟以自由，把笼子里的鸟故意放出来，再让它们自由自在地在这里生活呀？二是琢磨，是不是有的鸟看到他家后院环境好，常到他家的后院里来做客，有爱心的主人专门为它们搭建的？三是联想，按中国的俗话“栽下梧桐树，自有凤凰来”，主人会是为此而建？我猜测了很多很多，总之，肯定这家主人是“爱鸟的”，当然更爱生活。

由此，我又想到我们国内爱鸟者的放生，爱鱼者的放生，许多城市广场上人与和平鸽共处等。当然也联想到：莱比锡这个著名的音乐之城，居民们那么酷爱音乐，爱生活的人，就爱小动物，爱鸟也就在其中了。

兴趣爱好能陶冶人，一个人、一个单位、一个区域，如果能趋向一种爱好，就会有动力、有精神、有力量。想到这里，一下子又想到信仰，信仰会使人更有力量。有人说，当人有了信仰，就会将慈悲心付与其他人，因为信仰是由每个人心底的善念凝聚而成。一个对生活有情趣的人，一定会是有善心的人，只有有真正信仰的人，才会按照他的信仰去努力。

二十、法国市民街头举起“五星红旗”

我第一次去法国沙隆市是 2015 年，那次是德国军乐巡演组委会艺术总监安德烈组织 7 个国家的管乐团一起参加那里的嘉年华狂欢节。我们是晚间到达的，一下车就直接列队参加晚上的狂欢节开幕式。

当管乐团乐手们吹着《歌唱祖国》乐曲刚在街头站定，看热闹的两位六七十岁的女士看到这支雄赳赳的乐团，就笑容可掬地比画着问是哪个国家的。听到回答是“China 中国”时，两位老人“哇”惊叫一声，迅速伸出大拇指：“China 北京！”“OK！”

就这一瞬间，中国工人乐手也很自豪：我们代表着中国！代表着首都北京！听说是中国队伍，一下子围上来一群市民，欧洲人伸着大拇指，喊着“OK ”“China 中国”“China 北京”，一遍一遍合影留念。

到晚上 9 点多，中国乐团来到了集结地点——市政厅门口，这时，一个洪亮的声音从麦克风里传出：“下面到来的是一支空降的神秘管乐团，真是空降，他们刚下飞机，来自世界东方——中国。他们给大家带来四首乐曲，大家要热情一点哟！”在管乐团奏着《歌唱祖国》的乐曲进场时，这位主持人还不断“旁白”，向观众喊着助兴话：“大家掌声再激情点儿，再热烈点儿！”一时间，掌声、口哨声伴随着尖叫声，响作一团，热闹非凡。这就是这个“狂欢节”的开幕式。

这是我第一次到法国所见到的，法国民众对中国乐手，确切地应该说是对中国人，是这般的喜爱，完全超出我的想象，本来是一支来自民间的业余管乐团，怎么就受到这种狂热的礼遇，令我惊讶。我真替供排水人骄傲！

第二次到法国沙隆市是 2017 年 2 月，来参加这个城市第 97 届嘉年华狂欢节，我们来的第二天，接待人员安排我们参观市容和照相机博物馆。大家正在街上走着，突然一位乐手惊叫一声，他看见本团的舞蹈演员——王海亚的彩色化装照摆在街头的一个大橱窗里，照片下面还有一排带有王海亚照片的宣传册，大家都向前观看，哇，大特写的彩照和画册放在显著位置，真漂亮。再往前走，许多街边商铺大橱窗里都有，很是耀眼！

这个突然的发现，使队友们惊讶，觉得好神奇呀，继而感到很骄傲。一个普通的中国工人——业余舞者的照片，突然惊艳地出现在异国街头。这怎么不让大家感慨、喜悦、自豪！此时，大家想到上次来沙隆的情景，主持人的喊声好像响在耳际：“现在走来的是一支从天而降的管乐团，他们来自世界东方中国。”这幅照片是上次到法国沙隆演出的镜头，乐手们对法国民众的友好很是兴奋和欣慰。

石家庄这支业余管乐团，乐手全是工人，王海亚就是污水处理厂的一名普通化验工，美丽化装照上了法国沙隆的广告画册。像“仙女”一般飘至该市的橱窗。这表明：法国沙隆市民，是非常期待中国团队再一次光临的。

工人乐手们还记得，上次在离开沙隆的前一天，组委会转来沙隆市长吉尔斯·普拉特的邀请——专门请中国一家乐团到市政厅，市长和其他政府要员用“冷餐会”的方式，宴请中国团队。在宴会上的致辞中，市长吉尔斯·普拉特一再称我们团队的乐手和舞蹈演员为“艺术家”“舞蹈家”，说你们把管乐艺术和中国的古典美融为一体，是一种完美的结合，非常精彩，给全市人民带来欢乐。

按组委会和沙隆市政府安排，节日期间的一个下午举行街游，凡来参加活动的各国乐团都盛装出场，与市民一起参加为时两三个小时的第 97 届嘉年华狂欢节。

这个狂欢节真称得上是群众性的，全市市民只要能出门的几乎倾城出动。街面上，里三层外三层，挤满了男男女女老老少少，街心街外，一家子一家子的都化着装，或戴着面具，兴高采烈加入狂欢队伍。

街游队伍里有奇特的装饰车；有杂技小丑演员队伍；有穿戴美丽的马匹队；有高大的巨人队；更多的是叫不上名字来的队伍，真的是色彩缤纷！当时，我一下子就想到宋代词人辛弃疾《青玉案·元夕》里的几句词：“东风夜放花千树。更吹落、星如雨。宝马雕车香满路。凤箫声动，玉壶光转，一夜鱼龙舞。蛾儿雪柳黄金缕，笑语盈盈暗香去……”这场面与此词描写的场景真可媲美！

尤其是小孩子们，一群一群兴高采烈，像是过去中国农村孩子过年那样，穿花衣，放鞭炮，追逐嬉闹。最有趣的是互相撒纸屑，打纸屑仗，只要是街游队伍经过的地方，纸屑几乎是撒满了街面，铺满了街面。

好一个激动人心的场景，看不完，写不尽。

街游行程大约进行了一半，我跟着队伍正走着，一个让人惊讶的镜头出现了：街游队伍刚拐过一条街行至100米处，一对四十几岁的市民，也许是夫妻，突然举起一面很大的五星红旗，边举边用劲抖动，嘴里还喊着什么，在迎接中国乐团的到来。刚打开红旗时，他们在路边，当听到《歌唱祖国》乐曲声并看到乐队雄赳赳气昂昂过来时，他们便走到街心，把五星红旗高高地举过头顶，反复喊着“China，China”！

哎呀！太惊讶啦！我赶紧又拍又录。这才叫“可遇不可求”，这才叫“预料之中意想之外”的好新闻！

这条“法国市民举五星红旗”的新闻，使总经理林自强和全体工人乐手震惊兴奋，脸上放光！用音乐讲好中国故事，宣传中国，让更多的外国人认可中国，目的达到了。这镜头说明他们为国争了光。从“China 中国！ China 北京！”到“橱窗里的中国舞蹈演员”，再到“China 五星红旗”！欧洲民众这些欢迎方式的出现，都说明了对中国的敬重和喜爱。像运动员拿到世界大赛金牌后升起五星红旗一样，我们的脸上久久洋溢着笑容，这笑容是从心里绽放出来的。

要说欧洲人为什么那么喜欢中国，德国艺术总监安德烈有一句话可代表：“你们明年再来演出，可以把红旗带来，中国共产党把偌大一个中国领导得那么好，欧洲人很是敬佩……”

二十一、有情有义的安格尔

我曾连续四次在春节期间去德国，是跟随石家庄高新区供水排水公司管乐团到那里参加军乐巡演的。这期间认识了一位叫安格尔的老人还有他的夫人，四年里年年见面，年年“增强友谊”——确实该用“增强”二字，因为到了德国见不着他，心里就嘀咕，嘴上就念叨他。

初识安格尔是在2015年。事出偶然，那一天到德国奥伯豪森市演出，下午两点多，供水排水公司总经理林自强从演出馆后台经过，看见一位年过古稀的白发老人，跪在地板上仔细地干活儿，那个认真工作的场面很感人。林总回到演员休息室向我和乐手们很敬佩地讲述他所看到的情景，随后领着几名乐手一起来看望安格尔，还把“中国特色礼品”的剪纸、国画《秋实图》等，送给这位认真劳动的老人，表示敬意。

记得送给他礼物时，还出现了一个小误会。当林自强一行人拿着礼品来到他面前时，老人看见来人手里拿着物品，以为像其他国家的人那样来推销产品，连连摆手“No，No”。翻译告诉他，来人是中国朋友，看他认真劳动，很敬重他，赞赏他的工作精神，要把代表中国特色的礼物赠送给他作纪念。闻听此言，老人很感动，赶紧放下手中的活儿，擦擦手，双手合十感谢，连说“Thank you”。他随手拿起一个舞台烟火控制盘，幽默地比画说，一按，就“砰！”并指着上面字母说“China，你们国家生产的”，竖起大拇指，“很好使”。

接过剪纸和国画，老人高兴极了，他说他叫安格尔，今年 75 岁，他又拉过来女助手——70 岁的布里奇特介绍给大家。他说他们是做舞台烟火的，用喷火的方式给演出助兴造气氛，并强调这项工作必须一丝不苟，不能出错，不然会大大影响演出效果。他反复地说“热爱劳动”“非常喜欢这项工作”。

一小时后，林自强再路过此处，被安格尔叫住了。他拿出一大沓子各国国旗样品，说这是他这些年收藏的，送给中国朋友作纪念。林自强接过礼物说：“太好了，我正需要这些东西呢！”

再次到德国时，已经演出过半却不见安格尔的身影。我猜想，可能欧洲经济下滑，舞台烟火取消了。演出休整两日后，开始了第二阶段，2016 年 2 月 6 日，各国管乐团到达艾尔福特市演出馆，刚进馆不大一会儿，林自强突然找到我说安格尔来了，不过我没有去惊动他。

过去的一年里，供排水人把安格尔当榜样，把他热爱劳动严谨工作的组图照片挂在办公楼楼道里，号召员工们向安格尔学习，盼望能再见到他。这一次，有所准备的中国朋友又一次出现在安格尔工作现场，不影响他，认真看他工作。翻译告诉老人中国朋友又来看他了，说这一年很想念他。林自强说，去年回国后把他认真劳动的场景发表在中国报纸和杂志上，并告诉老人："明天是中国的除夕，后天是大年初一，中国很讲究过年，已几千年了，过年要向长者拜年，这是传统，我们向您拜个早年！"老人听翻译一说，非常激动，竟然"砰"的一声跪下了，说"德国人也向有情义的人行跪拜大礼的"。

当中国朋友送上为他带来的中国年画、国画、茶叶、丝巾和一瓶国酒茅台时，老人说没有准备，下次一定有大礼送上。经翻译介绍，才知道女助手布里奇特就是安格尔的老伴儿。此场演出时，"中国舞狮"一上场，安格尔的"烟火炮"就响了，把演出推向了高潮。原来，安格尔是专门请来为中国团队助威的。

这样，年复一年，中国团队与安格尔夫妇成了异国"忘年交"，每年都给这对老夫妇带去中国礼物。

一晃，认识安格尔老人的第三年，他已经 77 岁了。在这一年的军乐巡演快要结束时，趁演出中场休息时间，他和老伴布里奇特俩人搬着两大箱子礼品，来找"China"乐手休息室，向尊敬他的中国朋友送上一大份价值不菲的厚礼——每人一份礼物。他们来时，乐手们大都在室外透气，由于来得突然，翻译也不在，于是他打开箱子给几位乐手比画，噢，大概是这样的意思，箱子里的礼物，是乐手们每人一份的，还有富余部分。等大家回来一数，中国团队 59 人，他买了 65 份礼品。这位老人很细心，也不知向谁打听的人数。

时间到了 2018 年 3 月 11 日，这是此次演出的最后一场，地点是在阿尔卑斯山下的肯普滕市，下午 4 点，各国管乐团队演出正热闹，我和管乐团艺术指导李玉及专职摄影师闫建新三人正在演员休息室聊天，突然，有人敲门，一开门，啊！原来是安格尔夫妇。又是每人扛着一个大箱子，专门送礼物来的。老人放下箱子忙着打开，向我们比画着解释，里面是各种包装的巧克力和精致小瓶子威士忌等德国特产。老两口一边比画一边说，闫摄影师赶紧拿出手机翻译，用英文给懂英语的安格尔夫人看，感谢二老的心意。我们用中国的语言方式称赞他们对中国朋友有情有义，那么大岁数还专门抽时间去商场给中国客人置办了那么多礼品，亲自送来，让我们心里很感动。衷心祝福二老健康长寿！

再咋比画，再怎么用手机翻译，还是词不达意，老两口一再双手合十，做出感谢动作和表情。在安格尔老人双手合十拜谢时，我看到了这是异国之间“友好、友情、友谊”的符号，他买来那么厚重的礼品，他脸上的诚意，代表着他的真心，他眼中的光透着实在、厚道，笑容里写着：情义，真诚！

好多人讲，在欧洲，人与人的关系交往是经济关系，不讲情义，可在安格尔老人的身上，却看到了有情有义，看到了真诚，看到了良心。

那天，在临离开肯普滕演出馆时，林自强等人专门到后台找到安格尔老人，对他的厚礼表示感谢，一再表示一定把这份特别礼物带回祖国去，告诉同事和家人，在德国我们结识了一位爱劳动、重友谊、讲情义的老人。林自强告诉他：“您已经是我们公司的名人了，除了登报宣传之外，这几年，我们以‘热爱劳动，喜欢劳动，劳动着光荣，劳动着快乐’为题，展开讨论，公司全员都知道您这位可爱的、爱劳动的德国老人，都以您为榜样呢。祝您健康长寿，明年再来看您！”

四只大手紧握许久许久……

二十二、“世界第一张照片”的故乡

法国沙隆市区的南端，尼埃普斯的塑像矗立在索恩河河畔。他仪态从容，目光炯炯地看着前方，观察着眼前的景物。

尼埃普斯，1765 年出生在法国沙隆市。1826 年夏天，他在一块铅锡合金板上涂上白蜡和沥青的混合物，制成了一块感光板，在自家的阁楼上对着窗外持续曝光了 8 个小时，然后用薰衣草油把没有曝光硬化的白色沥青混合物洗掉，露出金属板的深黑色，得到了窗外景物成像：左侧是鸽子笼，中间是仓库屋顶，右侧是另一座房子的一角。这就是目前被称为世界上第一张照片的《窗外屋顶》。

我有机会两次到过沙隆这座城市，小城的秀美让人心旷神怡，很容易让人思绪飞起，展开遐想的翅膀。

尤其是尼埃普斯塑像前的索恩河河畔，我在沙隆期间曾多次专门来这里，哪怕短时间路过此处，也不由自主地在河畔驻足，看着静静的河水，任由思绪飞翔。想这座美丽的小城就是因为美，才诞生了世界上第一张照片的作者——尼埃普斯。

著名的索恩河从这座小城穿城流过，在此形成了三岔，河面平静，偶见几只白天鹅在水中嬉戏，时而游到岸边，伸着长颈觅食，和平鸽也赶来凑趣儿，在岸边啄地找食儿。

河水水面平静得让人称奇，比苏轼形容湖光山色的“水光潋滟晴方好，山色空蒙雨亦奇”中的“水光潋滟”“山色空蒙”还美。水面几乎见不到波光粼粼，平静得像面大镜子。这是因为水上无任何船只，更无漂浮物，水面上没任何引起涟漪的东西，大概小鱼儿也不舍得从水中游上来破坏水面的平静吧。

微风徐徐，空气像净化过似的，游人在这美景里待一会儿就有了醉意，有“醉翁之意不在酒，在乎山水之间也”之感。

抬头看到一河三岸对面的两个彼岸，所有物体倒映在水面上，尖顶的教堂、高高的水塔、水塔顶端飘扬着蓝白红三色法国国旗，树丛中横卧在河面上的两座铁桥，像架在仙境里一般。这就是一幅立体画，这张画还在变换——晨曦、午时、黄昏各时节都不同。

傍晚，万家灯火初上，灯影漂在水面上，若静若动，妙不可言；夜深了，河水在灯光簇拥下低声唱着歌缓慢地向西流去。

这景色都锁定在尼埃普斯目光里。他的雕像就矗立在河畔对面街口中央，手扶一架感光照相机，仪态从容地注视着前方。我敬佩雕像的构思者、设计者和建筑者，他们让这位摄影家，一直在这里观察着河畔、河水、建筑，目睹着人流和时代变迁。

雕像背后，是沙隆主城区，这里没有喧嚣，没有嘈杂声，没有叫卖声。恬淡，安静，怡然，小小街道有点“曲径通幽”，被蒙上了神秘的色彩。

除了美丽的河畔之外，最让人称奇的是一边靠着河岸一边紧邻马路边长长的一排梧桐树。我两次去那里都是冬天，树枝上没有了树叶，树冠的树枝被剪得方方正正，如果在夜晚，这方方正正的树冠就像在树干上建的房子。一条街，梧桐树整整齐齐列队排着，一眼望去，笔直得像一条线。不知道该用壮观、亮丽，还是用什么来描述它。为了美，修剪人员不知费了多大功夫才剪到如此程度。都说法国人浪漫，就这个画面而言，倒觉得这里的人做事认真、仔细、严谨。做这项工作的人，才真正称得上是“城市美容师”，他们用自己的双手把整个城市修剪成“工艺品”。

还有那更精巧的欧派建筑，一眼望去，那片建筑、那栋小楼、那座小院都体现出建筑设计者的巧妙构思以及工匠的精巧施工。不管是楼房还是教堂，单座尖顶的像塔，多座尖顶的像林，还有的像皇冠像积木。蜡黄颜色的、红色的、粉红色的、白色的，一座城简直就是一大幅画。

由此，我联想到法国的画，我曾经看过法国画，看过一些相关资料，也曾经听画家朋友们叙述过，法国画的绘画艺术在 19 世纪是引领世界的。首先说法国人会审美，看到美，才画出美。从我看到的索恩河的美，河两岸的美，法国建筑的美，树木修剪的美，想到了这里的画家能画出一幅幅美轮美奂的画，就是在这样的环境里，有了激情，有了灵感，才创作出了众多传世的不朽之作。

更想到尼埃普斯，他创作了世界上第一幅照片，应该断定，正是因为他周围都是美景，才激发了他创作照片的想法，除了绘画技术能留下美景之外，还能用什么留下更真实的景色呢？据说，尼埃普斯有了创作灵感，才委托光学仪器商人赛福尔为他的照相暗盒制作了光学镜片，制成了世界上第一架照相机。

尼埃普斯把他的方法称作“日光蚀刻法”，比照相机发明人达盖尔早了十几年，他才应该被称为摄影术的真正发明者，只因他没有及时公开他的秘密，所以错过了独享荣耀的机会。

史料是这样记载的，但我倒觉得，尼埃普斯想的未必是为了享受“发明人桂冠”，也许他发明的目的就是让后人享受照片艺术，让图片记录一切，根本没想当一个什么“发明者”。他应该就是一个无私的伟大的摄影艺术家。

（原载于《工人日报》2021年10月12日）

二十三、这里冬春同驻

我连续四次去欧洲，每次都是阳历二三月，也正是农历的腊月和正月，在我国北方叫寒冬腊月。俗话说“三九四九冰上走”，这个滴水成冰的时节，树木干枯，地面光秃秃的，我小时候还见过地面冻裂的现象，老人们常说的天寒地冻，应该就是这个样子吧。可在欧洲见到的冬天却大大不同，树叶一落，树干也就是个木头桩子了，没有了生气，可地面却是很有生机。有的地方是刚露出地面的小草小花，有的地方竟然很茂盛，绿色的叶子很大，花朵也很大，树干虽然干枯，根部周围却鲜花盛开。

第一次看见上面是干枯的树木、下面是绿草茵茵和鲜花盛开，是在法国的里昂。去里昂的那天，是 2 月下旬，正是国内最寒冷时。我和几位朋友爬了有名的弗尔维埃山，也叫富维耶山，山也就 100 米高，上面有富维耶圣母教堂，被视为里昂标志。此建筑外表十分华丽，据说内部的镶嵌画和壁画精美绝伦。右边相连的圣母礼拜堂塔顶上，玛利亚塑像在阳光下金光闪闪。

从山上下来时，发现路旁的冬天与春天并存，大树的树干和树枝都干了，可树下面的小草和鲜花生机盎然，不是亲眼见是不会相信的。原来到过德国和法国，见过地皮上有小草，也有很小很小的小花，但看到如此大的叶子和鲜花，还真是第一次，而且郁郁葱葱好大一片，倍感稀奇，这可正是隆冬季节呀。

我还自作聪明，跟朋友们讲，大概这里风水好，弗尔维埃山上富维耶圣母教堂里供奉的圣母显灵了才造化而成。当然这也只是迷信说法，说说而已。

对这个现象我百思不得其解。咱们国家的二十四节气，农历计算得很准确，一年四季的天气算得也很精准。欧洲的德国、法国等国家也在这个纬度线上，冬天那里也下大雪，可怎么能有这样的自然现象呢？问题是树是枯的，长在树下的草却是绿的、花是鲜的。还记得一首自古流传在民间的小诗，也与这个现象相悖。“山上青松山下花，花笑青松不如它；若有一日寒霜降，只显青松不显它。”这个地方盛开的山花，也还是在六七十米高的半山腰上呀。

此时想到二十四节气里的“惊蛰”。一般解释，农历节气到了惊蛰，冬眠在地下的小虫伸伸麻木的腿出了蛰，这就意味着真正的春天来了。还有，毛泽东16岁时曾写过一首《咏蛙》诗，其中两句是“春到我若不开口，哪个虫儿敢作声？”说的是春天到了小虫出蛰的时候，青蛙出蛰先叫的自然现象。这便是老祖宗说的阳气上升，阳气一升，土地便开始还阳，再过一个时间段之后便该是“小草伸伸懒腰”拱出土了。

这是说地还阳了，阳气上升了，小动物小植物才出来。

还有，我们老辈子自古传下来的话，天冷先冻脚，冬天要让脚保好暖。冬天里，为什么在室外站一会儿脚就先冷，得跺着脚，走动着才行，不然，脚会被冻麻木的。这就充分说明地是阴的、是冷的。我觉得可以这样设想，欧洲的地面温度可能不是这样，冬天里地面上也有雪，而且下得很大，但它一定不会“冰冻三尺”。原来也这样想过，欧洲各地常下雨，有云彩就下，下一会儿就晴，大概是地皮湿润就会长草吧，那又该怎么解释树到冬天枯叶呢？

所以，这种现象找不到真正的依据。季羡林老先生在他的散文集《天雨曼陀罗》里记述了一段很美的话：“德国冬天不冷，草几乎是全年碧绿。冬天雪很多，在白雪的覆盖下，青草也没有睡觉，只要把上面的雪一扒拉，青翠欲滴的草立即显露出来。每到冬春之交，有白色的小花，德国人管它叫‘雪钟儿’，破雪而出，成为报春的象征。再过不久，春天就真的来到了大地上，林中到处开满了繁花，一片锦绣世界了。”季老先生曾留德十年，这几句话可算是权威的了。他说“德国冬天不冷”的原因，大概也因为地里冒出的是阳气。

那天我们下了山，还来到了“白苹果广场”，这是个被称为欧洲最大的广场。说“大”，那可能是有当年的辉煌吧。这里曾是现存不多的皇家广场。地面铺的红土，同里昂旧建筑上的红顶相辉映，广场上耸立着路易十四骑马雕塑，高高的摩天轮在广场边上缓慢地转着。此时，我很感慨，这座城市可是当年气吞山河的恺撒大帝征服高卢的基地，一个很有故事的地方啊。

我与朋友坐在广场一角的木椅上，环顾四周，欣赏着异国建筑，也观察着来往的行人。在这广场游玩的人虽然不多，但各色皮肤的人都有，闲逛的、路过的、休息的，不管是怎样动作的人，都是慢悠悠很休闲。还有一大特点，可以解释这里的冬春并存的现象，街上穿什么衣服的人都有，按说，2 月天气是很冷的，可这里来往行人有穿棉袍的，有穿秋装的，还有穿短袖短裤的，真是“四季衣服同穿戴”。那这里草木反自然现象也就好解释了，草木和人应该一样吧。

还有，马克思故乡的莱茵河水是从东往西流的，这种现象也打破了我国千条大河向东流归大海的规律。这大概就是异国异域的异情异景吧。

二十四、莱比锡的陌生“故知”

“他乡遇故知”，这句话自古被国人列为人生四大喜之一，而且位居第二，高于“洞房花烛夜”和“金榜题名时”。看来这一喜，很是被人们重视和尊崇。我理解，这个喜给人带来的是突然发生的惊喜，根本没想到，邂逅而遇，怎么不欣喜若狂呢。故此，把“他乡遇故知”列为四大喜第二就好理解了。

2018 年 3 月 9 日晚，在德国莱比锡演出馆后台，我和石家庄高新区供水排水公司管乐团的朋友们迎来了两位莱比锡大学的中国交换留学生。一位叫赵丹玥，内蒙古鄂尔多斯人；一位叫曾亚楠，安徽宣州人。她们都是兰州大学的学生，留学交换到莱比锡大学学习日耳曼文学。

见到这两位“小老乡”，是一个巧遇。那天下午，管乐团的艺术指导李玉大校等人正在一家超市挑选商品，突然听到说国语的声音，“说时迟，那时快”，李玉等急忙奔声音寻去。哎哟！真是“中国老乡”，还是北方人，这母语太亲切了，于是便上前搭训。聊了一会儿后，李玉邀请她们晚上去看管乐团演出，并介绍此场演出是由七八个国家的管乐团同台献艺，还邀请她们的同宿舍室友一起来。

一句邀请，使两位“小老乡”高兴得简直要跳起来。她们这种喜出望外的心情，很能理解。在外国，一个留学生宿舍里，会有多国同学同住，自己国家来了管乐团，能邀请同学一起去观看，这是多么自豪的事。后来，她们说，有位德国同学很是高兴，说对军乐巡演这件事很感兴趣，就是没机会去感受，这一下愿望终于可以实现了。可她还是没能来，因为这好事来得太突然了，原来与朋友有个约定，要一起去做件事，定了的事情是不能随便更改的。

“小老乡”讲了德国室友的故事，我很是敬佩她。制订好的计划，绝不能随意改变，这是信誉，更是做人的准则。虽然这是一件小事，我却从这件小事上再次看到了德国人做事的严谨。

两位“小老乡”说，她们来了一年了，还是第一次见到“祖国老乡”，像见到家里亲人一样，高兴劲儿无法形容。

俗话说“老乡见老乡，两眼泪汪汪”，是说同乡见了面话多，有共同话题，说到伤心处有时会潸然落泪。这两位“小老乡”恨不得把她们这一年的德国见闻，一股脑儿告诉祖国亲人，滔滔不绝。她们说祖国的发展和德国现状，认为德国发展显得活力不足，尤其东部发展更不行，莱比锡是德国比较大的城市，也属于发展不足的地方。相比之下，中国发展快，活力大，在这里倍感扬眉吐气。

那天，她们看了演出赞叹不已，说其他国家管乐团的演出没看懂。我还记得她们当时说话的表情，高兴劲儿溢于言表，因急于多说，语速又快，有几次还出现了语噎，然后就大笑，场面亲切而自然。她们还说特别是听了《打虎上山》京剧乐曲，更是无比亲切，离家万里，熟悉的旋律让人太激动了。铿锵有力的音乐似乎把她们拉回到祖国，她们说自己的心已跟随音乐飞回了家乡。

在看完演出后，两位“小老乡”很想跟祖国亲人们多谈谈感想，可又怕说起来收不住，耽误了与乐手及舞蹈演员合影，如果舞蹈演员卸了装再照相就会失了些风采。别看这俩“小老乡”刚认识，可说笑起来无拘无束，想啥说啥，和乐手们谈笑风生，说着说着一会儿哈哈大笑，一会儿又欢乐地拍手蹦起来，快乐无比，没有一点初识者的感觉。

此刻，我感受到了什么叫亲，什么叫爱，什么叫爱家爱国，似乎在这一刻都体现出来了。这俩“小老乡”，真把乐团的人当家里人了。那天，她们高兴得一直想和亲人们说下去、笑下去，直到后台其他国家乐手都走光了，这才不得不握手道别，道别时，不忘把联系方式全记上，而后恋恋不舍慢慢离去。

那个晚上和两位“小老乡”的相遇，虽然不是故知，堪比故知，或者说更甚。因为此地此时此刻的“乡音”，在某种意义上讲，比故知还亲切。

我们有句老话，“亲不亲，故乡人”，一辈一辈的人都把故乡看得那么重，把故乡的人看得那么亲。这种亲情，西方人估计是达不到这种程度的。

我和朋友们离开莱比锡已经很长时间了，知道这两位“小老乡”在那里学习生活得很好，因为和她们一直通过微信保持着联系。不管是她们的学习，还是宿舍室友们的活动，都能在“朋友圈”看见她们的身影。看到她们开心的样子，也为她们的高兴而高兴。我和我的朋友们经常为她们的信息点赞，她们也不时为我们发去祖国的信息点赞。这又应了老辈子传下来的那句话“亲戚越走越近”，异国相识，相隔万里，联系走动得多了，便愈加亲切了。

远隔天涯，每逢看到她们微信发来的消息，就想起那天在莱比锡剧场后台的情景，她们笑得开心灿烂、无拘无束的样子仿佛就在眼前。那是她们离开祖国一年之久才见到祖国亲人，像久别重逢，喜不自禁。这个“喜相逢”像是“四大喜”的第一喜——“久旱逢甘雨”。那一刻，祖国亲人就像是她们久盼而来的甘霖……

二十五、远眺了阿尔卑斯山

2018年初春的一天，我和石家庄高新区供水排水公司管乐团的朋友们离开德国的世界汽车名城——斯图加特，乘大巴车直奔历史悠久的古老城市肯普滕。这座城市很小，但它很有名气。

大约上午11点半，车子在高速公路上正飞奔着，突然，前面远远看到一座雪山顶，山好像不是那么高，但看着壮观，漂亮，不由得唏嘘赞叹。司机看我这惊讶的表情，急忙告诉我，那就是著名的阿尔卑斯山。啊，我非常兴奋——我看到了阿尔卑斯山。

阿尔卑斯山到底有多好，我并不知道，但它很有名气，是欧洲最大的山脉，位于欧洲南部。据说，山势雄伟，风景幽美，许多高峰常年积雪，东西长1200公里。对此山脉有这样的描述："晶莹雪白的山峰，墨绿浓密的森林，清澈透明的山涧溪水，波光粼粼的湖海。"据说这里被世人称为"大自然的宫殿"和"真正的地貌陈列馆"。就是这些，共同组成了阿尔卑斯山迷人的风景。我太想一睹阿尔卑斯山的风采了，可此次来只能在它脚下的城市逗留几个小时。

肯普滕市，是一座历史悠久的城市，位于德国与奥地利交界的阿尔卑斯山山脚下，坐落在阿尔卑斯山的北麓和伊尔勒河河畔，有6.1万多人口。这座小城是一个那么好的地方，怎么才就这些人呢？

我想不出军乐巡演组委会为何要安排到这个城市演出，6万人的城市相当于中国的一个镇吧，竟然一下子来了七个国家的管乐团在这里同台献艺。这让我想到我们的“文化下乡扶贫”，一个很大的文艺团体还有许多名人及明星大腕儿，到一个偏僻之地演出，从没有见过这阵势的百姓们稀罕得心花怒放。此次德国军乐巡演来到这里的原因不得而知，我只能猜想，是因为它古老、文明、有文化，还是因为它在阿尔卑斯山山脚下？后来才略知道一些原因，说肯普滕在历史上一直是一座欢快、生机勃勃的城市，有举足轻重的艺术品和丰富多彩的文化遗产，更主要的还是“它镶嵌在阿尔卑斯山前麓起伏的丘陵地带”。

我们团队的休息室被安排在演出馆的三楼，在这里可以通过落地窗户观光赏景，近处是小城的部分建筑和树木的顶梢，往远处望，能清清楚楚看到阿尔卑斯山的雪山顶。这天的演出是白天场，安排在下午的两点三十分。午饭后，大家在演出前休息，这时不知是哪位乐手这么聪明，竟然找到了一个通道，从三楼的楼道往下走半个楼梯，那里有一个电梯，这个电梯可以直上四楼。从四楼的楼梯门往外走，可以看到一个很小的平台，那里简直是另一个世界，有半截半人多高栏杆墙的小晾台，只能容下六七个人，站在此处，可以看多半圈风景。年轻的同伴们忙着摄影选背景，在此留下一生的念想，近处是肯普滕市的城区，街道、房舍、教堂、树木，远处是阿尔卑斯山雪山顶……大家看着景色，啧啧赞叹，都陶醉了，一个一个一组一组拍照，手机和相机“咔嚓咔嚓”地响，留下了这难得的瞬间。

当时我正在休息室发呆，好像是在想什么，没打算出去也没有任何准备，连外衣也没有穿，只穿着衬衣和坎肩就被一群年轻人呼啦啦地拉了上来。一站到这个地方，我立刻被外面这美丽的景色吸引了，心情骤然变得愉悦。我凭栏倚靠在半截短墙旁，凝视着远方，看着那阿尔卑斯山的雪山顶，想着那里该是多么漂亮、多么迷人，只是太可惜了，不能够亲自登山一览。此时，也自然想到祖国、想到家乡、想到亲人朋友……此时此景，很让人陶醉，一下子想到了唐朝温庭筠《菩萨蛮》里的词句：“春水渡溪桥，凭阑魂欲消。”温庭筠写这句词时，当时会是个啥心情？春水溪桥就那么美呀？咋就“凭栏远眺，想想就要断魂”？能比这阿尔卑斯山的山下远眺还美吗？

正在我沉思之时，年轻的朋友用手机拍下了这个瞬间。他们拿过来向我炫耀，接过手机一看，啊！拍得挺好！背后远处是阿尔卑斯山的雪山顶，近处是一家教堂的尖顶、尖顶下深黄色的房舍墙体、绿色的树梢，还有……看着照片，我很感激这一群有激情的年轻小友们，他们的青春活力感染着我，使我激情焕发。我感谢他们。

就几个小时的时间，傍晚时分我们就离开了肯普滕市。离开时，我还不由自主地举目远望，但已经看不见阿尔卑斯山的雪山顶。

到了肯普滕，却没有登上阿尔卑斯山，虽有缺憾，可那阿尔卑斯山朦胧的美已深深印在我的脑海里，也许就是人们所说的遗憾之美吧。在某种意义上讲，还有了那种“意会心谋，目往神授”美在心里的意境。我与阿尔卑斯山似乎已有了神交，它让我不时地猜测它到底有多美，也还疑惑真的是“见景不如听景”吗？但它给我了一个坚定信念，就是让我下决心一定再来攀登它。我说这些，就足以证明它的美已扎根在心中……

二十六、七月盛暑麦浪滚

本文原题目想叫《七月流火麦浪滚滚》，是想借用“七月流火”的字面烘托一下。借用也是为了取宠，“七月流火”与“麦浪滚滚”可是风马牛不相及的。谁见过“七月盛暑麦浪滚滚”这个场面？我说我见了，我真的看见了。是在欧洲的瑞士。

那是 2019 年 7 月 8 日，我随石家庄高新区供水排水公司管乐团的朋友们，乘大巴车从法国的阿尔贝维尔小城往瑞士的巴塞尔市赶。车子在高速路上行驶了三个多小时，到了一个服务区，按时间计算路程，我觉得此地应该是到了瑞士境内。因车上人多，司机考虑乘员“方便”需求，便停车休息。

我到服务区超市买了瓶苏打水，然后在一个草坪边上随便走了走，正准备回车上去。突然听到有人说服务区的北面有一大片庄稼，是一望无际的麦田，风景甚好。这个信息瞬间吸引了我，因为多次到欧洲，从没见到过当地的庄稼和菜地。眼下有庄稼地，又是麦田，这可得赶紧去看看。怕时间不足，我大步流星跑过去，下了两次楼梯台阶，才到了能看到庄稼的地方。呀！让我很惊奇，真是好大的一片麦田，麦子基本上已经成熟，大片的金黄色随风摆动着，甚是养眼。这真的称得上是“麦浪滚滚”，一望无际啊！那么大面积的麦田中间没有绿色的树木，更没有房舍，一色的金黄。我看着，惊叹着、兴奋着。这片麦田大到我觉着不能用亩或顷来说，应该用平方公里来计算。在国内如果不是大国营农场，农村一般不会有这么大面积的麦田。

我站在服务区的平台上看了一会儿，便不由自主地顺着土坡走到了麦田地边儿上，用手轻轻抚摩着饱满的麦穗。穗子沉甸甸的，仔细看看，觉着这个品种比之前我见过的穗儿大，麦粒儿也大，麦秆也粗，甚是喜人。

此时已经是仲夏季节，却能看到大田里的麦浪滚滚，是有生以来第一次，当然喜不自禁。咱们国家中原的冬小麦，收割期在二十四节气中的“芒种”前后，就是阳历的六月初，阴历的五月初（当然河南以南地区，河北以北地区是不一样的）。我们老家鲁西南地处苏鲁豫皖接合部，这一带有一句农谚叫“芒不芒，乱打场”，意思是到“芒种”节气时，麦子已经收割完毕，开始打场了。确切地说在“芒种”前的三四天业已收割，在打麦场上晒了几天可以“打场”了。“打场”，就是用碌碡碾轧在场上晾晒好的麦子。碌碡是学名，我们老家叫“石磙”。晒干的麦子被碾轧几遍之后，麦粒儿从麦穗中脱出，麦秆也就成了麦秸。麦粒成了粮食，便入了仓，麦秸则堆成了打麦场上的“麦秸垛”。河北的石家庄、衡水一带，收麦的节气要晚个五六天时间，农谚叫

"'芒种'三天开镰",也就是说,过了"芒种"才收割。

此时,我站在大片麦田地边上,说亲切,也不算是;说稀罕,倒是有点儿;更多的应该是喜欢。在心里高兴之时,我叫住了正欲返回的同行者郝子超,请她帮我在金麦浪前留个影。相机里显示时间,记下仲夏摄于瑞士金浪滚滚的麦田前。

这时,我一下子想起了五十多年前看过的一部小说,记住了一段文人说麦故意拽文的文言文:"五谷之中,有一物焉;幼状若韭,色青绿;既熟,黄若金,高可膝。农人刈之。脱其衣,得其实,去其肤,食其肉。此吾北人所尚者,农家恒呼之曰:麦。"这段文言文似乎是个调侃,但挺有味儿。自己默诵着,心里好笑,好开心。

话再说回来,我琢磨着,这地球不知怎么转动的,收麦子的季节竟然差了一个多月。这天是阳历的7月8日,阴历的六月初六,节气已经过了小暑往大暑上奔了,麦子竟还长在地里,这怎么不叫人在这里看稀罕。看着看着我突然想起了豫剧《朝阳沟》里的银环,她初次进山区,把庄稼果树当景看,拴保戏说她认错庄稼"不笑出眼泪也笑掉牙"。自己少见多怪,倒像是初次上山下乡的银环了。

上车后,我仔细计算了一下,瑞士的纬度偏北,大概相当于咱们国家黑龙江和内蒙古交界的位置。据说那里天气要冷一些,麦子收割要晚许多,但我没见过。在欧洲,我这是第一次暑天看见大田地里的麦浪,还想怪不得欧洲的面粉有劲儿,好吃,大概是在地里生长时间长的缘故吧。

大巴车在高速路上飞奔着，我默记着那段说麦子好玩儿的文言文，又想起小时候在麦子快要成熟的日子里，在麦田地里掐几个麦穗搓麦仁吃的情景。更记得奶奶拿着青里透黄的麦穗儿，在灶膛门儿上蹿出的明火上烤，麦芒烧着了，麦壳烧得略煳，这样在手中一搓，手心里出来的就是熟麦粒儿啦，这在老家叫“燎麦”。奶奶最会掌握火候，烤出的“燎麦”不嫩不老，奶奶搓“燎麦”的时候，鲜麦的味道就出来了，很是鲜美诱人。我从奶奶手里捧过“燎麦”，一口捂在嘴里，嚼在口中顿觉齿颊生香，鲜麦的清香味儿，柔柔的、香香的、甜甜的。咽下肚许久了，香味儿还在口腔中萦绕，至今想起来似乎还能感觉到那个味道。那种好吃还有一种原因，就是肚子受了一春天的委屈，突然有这样的美食入口进肚，那就是在享受一种幸福呀。

此时也自然就想到了白居易《观刈麦》里的诗句：“田家少闲月，五月人倍忙。夜来南风起，小麦覆陇黄……”更有“右手秉遗穗，左臂悬敝筐”儿时拾麦穗的场景。我默诵着，默诵着，突然觉得这首诗不适合在欧洲念，因为他们这里不是“五月人倍忙”……

二十七、三个阿尔卑斯山人

有一年的夏天，一个偶然的机会，我来到了法国阿尔贝维尔小城，它坐落在阿尔卑斯山山脚下，风光很美。我是随石家庄高新区供水排水公司管乐团到那里参加军乐节的。刚去的那天，就认识了三个人。与这三个人相处的 5 天时间里，我对他们产生了敬意，他们可爱得值得敬仰，如不写写说说，我会憋坏的。因为我觉得他们的心比阿尔卑斯山还美。

第一个人是这个小市的军乐节组委会主席，叫达拉木塔。刚见他时，看他有七十大几岁年纪，腿脚不怎么方便，走路一拐一拐的，可他却是整个军乐节活动的主角。他能组织七个国家的管乐团前来这个只有 1.8 万人口的城市参加军乐节，能给全市人民带来欢乐，瞬间就对他肃然起敬。初见他，只听翻译介绍，也只看着他忙碌的身影，从未搭话，但我决定一定抽机会专访他。

和他对坐时，才知道他的全名叫亚历山大·达拉木塔。一听亚历山大，我下意识地一愣，顿觉“很突然”，是惊奇？是崇拜？

还是什么，说不清楚。主要是一下子就想到公元前的亚历山大大帝，他是欧洲历史上最伟大的四大军事统帅之首，另外三位是汉尼拔·巴卡、恺撒大帝和拿破仑。继而想到“二战”时英国亚历山大元帅，我还能记住这个大元帅的几句名言和他的故事。

那天，看着这位亚历山大·达拉木塔，就想着他是不是那位大帝或元帅的后裔或是本家？不管真相如何，都让我对他又增加了敬意。

达拉木塔告诉我，这个城市已经举办过42届军乐节，从2003年他开始主持筹办军乐节，至今已有17届了。1992年这个小城举办过冬奥会，他是从头到尾参与的筹委会成员。今年他整整八十岁，确实是老先生了。他有两个头衔，当省级政府议员已有25年历史。老总统戴高乐时期，他就是省议员筹委会成员。

达拉木塔是意大利人，父母是鞋匠，生活在社会最底层。他一生的愿望和宗旨，就是为人民做事。他说为底层百姓做事，多累多苦都愿意。我脑子里马上想到几十年前看过的苏联小说，好多部书里都提到过鞋匠的故事。欧洲人可能不穿布鞋，所以许多穷人从事制作或修理皮鞋的工作。从事这项工作的人都精心细作，耐得住吃苦，日复一日重复劳作，他们可敬可爱。

老先生说，他热爱军乐这项工作，但毕竟岁数大了，今后任务是要把几十年的经验传授给年轻人，培养、带动他们，让更多的人热爱这项工作，为市民服务。

他介绍自己时很感慨，说年龄大腿脚又不方便，每天工作半天，但绝不能停，“停下来是很遗憾的事”。他说越是有困难，越是要对工作热情高涨。“如果搞不好，就会很难过。”他反复说，“我是人民的孩子”，人民的孩子就要为人民服务。

他子孙满堂，本来可以在家里享受天伦之乐颐养天年，却把精力几乎全部投入在军乐节的筹备上。

告别达拉木塔后，他的话久久回响耳际，他把为人民工作当作一种精神寄托，他的精神和行为可敬，他的话语朴实真诚。他让我想到了“公仆”两个字，这位老人才真正称得上“公仆”。“我是人民的孩子”这几个字，一直震撼着我的心灵。

我要说的第二个人，是这里的副市长。一位胖胖的五十多岁女性，叫贾克尔隆。我崇敬她的理由很简单，就是她的两句话和一个动作。

在该市军乐节预备会上，组委会老主席达拉木塔致欢迎词后，请副市长讲话，她只说了“不占用大家更多的时间了，咱们明天演出时再见面”，讲话就结束了。

曾参加采访过几十年会议的我，有点“猝不及防”。在那么大场面的国际军乐节预备会上，法国、荷兰、意大利、立陶宛、乌克兰、保加利亚和中国乐团等领队出席。按正常程序，主管副市长得来一篇“重要讲话”，以示重视。可她在微笑中就只说了两句话，完了。“重要意义”一句没说，她的“不占用大家时间”，使会议简短了，朴实、不客套，反倒让人感到自然亲切。

这样一个简短的预备会，与来客见面了，该说的话简洁说了，就结束了。会场上这最高长官的表现，我不知道用什么词来评价和赞美她。就像郑板桥的诗句“删繁就简三秋树”，觉得这位副市长删繁就简了。三秋之树，苍劲秀挺，没有细枝密叶，让人心里干净。

这位女副市长还有一个动作——军乐节组委会老主席达拉木塔在启动仪式上致辞，她自始至终拿着话筒对着老主席的嘴。她这样的举动让人惊讶赞叹，恐怕我一辈子想忘也忘不掉。

那天上午阿尔贝维尔第42届军乐节启动仪式，在半山腰上一个古镇举行。在这里可以鸟瞰全市，艳阳高照，到处一片葱绿，如果不是开会，这倒是个漫步游览的好地方。

启动仪式在一个草坪上举行。草坪边上有个砖石材质的古塔，虽古老，但很完整，小巧精致。选此地，大概表明此城历史悠久。

草坪上的树木和花草好像平时没人专门整理，一切自然。四周有类似我国老式临街人家的女儿墙，是砖结构花墙。倚墙而站留下小照，身后远方是美丽的小城，重峦叠嶂，起伏得很有层次。还有那茂密的树林，白云蓝天。

这个活动仪式没设主席台。应该“在主席台前排就座”的六七位要员，在草坪边上一排站立。中间站着组委会老主席达拉木塔和女副市长贾克尔隆。令我惊讶的是，组委会主席致辞时，女副市长竟然亲手拿无线麦克风，对着讲话人的嘴。这篇开幕词还比较长，贾克尔隆副市长拿麦克风时间长了，一个姿势可能有些累，她不时换换手。

平时哪见过这个，我把这个场面用相机和手机一并照了下来。觉着这个动作太能教育人、感染人、激励人啦。副市长是现任的，老主席年且八旬，是个民间活动组织者。上级为下级举话筒，让下级讲话，难得的镜头。

这个场面让我久久回想，拿话筒是尊重人，年轻人为老者“牵马坠镫”，理所应当，这个动作更体现了官民平等。官者为民也，怎么为民？服务也。怎么服务，为民打伞、为民让道、为民鞠躬，都是。这不丢人，反之，摆架子才丢人。

河南省内乡古县衙，保留着一副对联，其中上联是“吃百姓之饭，穿百姓之衣，莫道百姓可欺，自己也是百姓”。这就是“天下为公”的奥秘，是古代诸子百家的梦想，“以民为天”才是王道。理，是老祖宗传下来的，我们有些人咋就做不到？

我记住了这个山坡古镇，叫康福兰小镇。在这里，我见到了一个最简单的国际性会议，却拍下了最不简单的镜头——领导给部下举话筒。

我要说的第三个人是“自己人”，籍贯西安的“老乡”。她叫刘雯，研究生毕业后嫁到这里，是为军乐节做翻译的志愿者。她使我感动和记下的就一句话。

刚见她时，一听她是西安人，觉得很诧异，还感到纳闷。咳！好好的古都西安不待，竟愿意到这小地方。西安是文化底蕴多厚重的老都城，那是多少人都向往的地方，起码我就很崇拜西安。她怎么能到这里来？此地人烟稀少，怎比得上繁华热闹的古都西安？这里一年四季凉爽，也就这一点比西安优越吧。

可刘雯的热情，让我很快丢掉了偏见。她见了我们，有“他乡遇故知”之感，她的眼神告诉我“家里来人啦”。可以猜想，远嫁的姑娘见了娘家人有啥感觉，她就有啥感觉。

在之后与她接触的几天里，知道刘雯是南昌大学物理系毕业的。她感觉到自己的学科整天跟机器打交道，一辈子干这行，实在没意思，故下决心出国了。她说，“父母尊重我的选择，他们很爱我，每年 7、8、9 月在法国和我们在一起住三个月”。

有一次聊天说起了“后盾感”，她说嫁到法国工作安家已 13 年，却始终为自己是中国人而自豪。做什么工作，联系什么事情，一说是中国人，对方马上眼光就不一样，高看一眼。她说她有一个朋友是从越南过来的，感觉到处受歧视。听她说话的语气，挺为她的朋友惋惜，更深为自己是中国人而自豪。

她说：“在法国如果只跟华人打交道，是融入不了法国社会的，那我就可以多做一些努力，多跟当地人打交道，尤其与上层人联络。但我不愿意加入法国国籍，因为我是中国人，失去国籍，就意味着失去坚强的后盾，祖国什么时候都是我的‘娘家’。”说到这儿得先给她点个赞。

刘雯不入法国国籍的想法和举动，让我非常敬重她，在她心里“我什么时候都是中国人”，高于一切。身在异国，心系祖国，这种爱国情怀，会在很多生活在异国他乡的同胞身上体现，要比那些在异国“苟延残喘”，却以“我现在是 × 国公民”为自豪的人伟大。我赞同好多出过国的人说的这句话：“还是祖国好！”

二十八、“鸡鸣三国”处断想

在瑞士参加“巴塞尔军乐节”期间的一天，我和几位朋友忙中偷闲，来到了巴塞尔城最北端的瑞、德、法三国纪念碑前。纪念碑矗立在流经的莱茵河三岔之间，很显眼，碑体造型精巧，碑尖像利剑直指蓝天。在咱们国家有“鸡鸣三县”“鸡鸣三省”的地方，这“鸡鸣三国”之处还是第一次见，我想应该称巴塞尔这座城为“一市托三国”吧。

我和几位朋友在这个特殊的地方，照相录像，好一阵子折腾，然后在一个角落坐了下来。刚坐定，无意中看见手机屏幕上显示的“罗拉赫”天气，噢，看来这“鸡鸣三国”之地，德国无线网络信号还是强于瑞士和法国。明明是瑞士国土，怎么显示德国一个县的信息？再查，罗拉赫是德国巴登－符腾堡州最西南端弗赖堡行政区罗拉赫县的首府，靠近法国和瑞士的边界。

人大概都有好奇心理，我更如此，因为做了几十年记者工作，“猎奇”成了职业习惯。比如这天，到了瑞士北端，手机上显示出了德国一个县的信号，就想知道个究竟，甚至想去那里看看。去看什么呢？我们这支队伍已经去了五次德国，大中小城市已经到过二三十个吧。可到了瑞士巴塞尔，却又想跨一下边界，去临界的德国那里看看“新鲜”。这就是大家常说的人性好奇，猎奇心理常在吧。记得一部小说里这样说，猎奇新闻和传播新闻是人的一种天性，像蜜蜂采蜜一样，不由自主。

在三国界碑下，我们几人停了一个多小时，看莱茵河水，看河上来往的大船。从这里过往的条条都是大船，无论客船，还是驳船，个头儿都挺大。因为莱茵河水很深，一个一个漩涡急流着。它确实有承载大船的能力。

说起莱茵河，它在我心中的位置那可是不得了，应该说是神秘得很哪。可以这样讲，我知道马克思就知道了莱茵河，似乎人名和河名连在了一起。我跟随的这支管乐团 2015 年去过德国的特利尔，专程到那里去瞻仰拜谒马克思的故居。看展览，听讲解，参观故居的后花园，与马克思的塑像合影。当然也必不可少地溜达了特利尔城的古街道，走走那里的石板路，其实都是在寻觅马克思的足迹。

那年在特利尔参观马克思故居后，我们驱车继续前行。大概走了 100 公里，才到了莱茵河岸边的一个小镇，我住宿的房间隔一条马路就是莱茵河。当时一进房间，看到这个位置，哇！惊讶之后，一镇静，马上叫来同行的朋友，从房间里用相机往外拍照，留下了那个永远值得纪念的镜头。画面是：我坐在小窗台上，背后是莱茵河，河上船只川流不息……

就是那天我才知道，莱茵河离马克思的家乡特利尔还很远。原来理解的马克思生活在莱茵河畔，以为莱茵河就在他家房后，多少年来就一直这样认为，马克思小时候一定会在莱茵河里捉鱼，现在看来那只是读书以后的一种想象，对马克思和莱茵河的介绍借一条世界闻名的河来拉近，算是一种吸引人的描述吧。还记得那天，眼看着河水从东往西流的自然现象，一下子打破了我们国人常说的“千条大河往东流”的说法，东西方就是不一样啊。

站在三国交界处，还想了许多许多。

在我们国家，一般像这样的地带，很多是发展比较快的地方。远的不说，就说河北省保定地区的白沟吧。白沟应该是四县的交界处，容城县、高碑店市、雄县、定兴县。此处原来是个穷地方，不沾“发达”这个词。可几乎是一夜间，它异军突起，一下子震惊了华北地区，北京、天津、山东、山西、内蒙古的大小车辆纷纷奔向白沟。一时间，白沟的名字响起来。慢慢地，在不经意间白沟的箱包成了龙头产品，毛巾、袜子、鞋帽服装，还有一些不起眼的小商品，也逐渐火了起来，成了众多小商品的集散地，影响了华北、华东甚至东北等十多个省份。

像这样的例子，我国从20世纪五六十年代开始各地都有，就是在“三不管”的地界上发展起来的。所谓“三不管”，有山高皇帝远的意思，就是当地政府某些部门离得远，够不着管。这样的地界一般情况下是最穷的，部门管理人员不愿意去“管理”。这一个“不愿意去”不打紧，实际上就成了“不干扰”，当然也就是“不阻挠”啦。结果这样的地界竟然就发展起来了。就是在“阶级斗争一抓就灵”的年代，也出现了不少这样发展起来的“鸡鸣三县”“鸡鸣三省”红火之处。

那么，按我国历史变革中的这种例子来说，我脚下的这三个国家的交界处，是不是也曾经这样发展过？或者眼下正在发展着，再或者，是这里一直发展得很好！不得而知。

我们向这里的酒吧主人各自要了一杯冷饮，边聊边看风景。坐下不到一个小时的时间里，这里来了两大客船的游客。所来的游客，基本上也像我们一样，照相、观看、欣赏之后，坐下，买杯啤酒饮料之类，然后聊天儿。不大一会儿，几百杯啤酒饮料就卖出去了。由此想到，瑞士人很会做生意。就在这三国交界处，这种简单的酒吧，赚钱还是很快的。况且这里不用太多的装修装饰，地面上铺了一层海滩的白沙，上面摆几条粗糙的木板，有的在阳光下，有的在太阳伞下。没有刻意的雕琢，一切显得那么原始自然。

其实，在欧洲类似这样的铺面很多，它们大都是布置简单，不需要花很多钱，这样布置的效果反倒更好。

就这样，人们观看了三国界碑后，便坐下来欣赏这周围的景色，一坐下来，一欣赏，一聊天儿，这生意便来了。我想，这也可能就是我想象的那种居三角处“抓机遇”经营发展吧。

这天晚间睡不着觉，脑子里还在想瑞、德、法三国交界处，想那个场面，回忆那个很美的画面。白天，我们转悠一会儿后，坐在没有上油漆的木制连椅上喝饮料聊天，看着脚下那白白的沙子，很像是广西北海银滩的，当然，它不会从那里运来。

木制连椅有在阳光下的，有在太阳伞或帆布篷下的，无论怎么摆设都是恰当的。简单的，讲究的，都有道理。我们在那里坐下时间不长，就陆陆续续有人来，有时还是一群人。从大客船上下来有上百人，应该是专程来看“鸡鸣三国”交界处的。他们在界碑前留影，或赞叹或点评，虽听不懂但大概能明白他们在说什么。

“三界塔”南端的那一爿铺子，游人不拥挤但络绎不绝。此处既成了旅游点，也成了商业点，很是便利，也很惬意，给人一种宾至如归的感觉，这大概就是主人想要的效果，说明经营已走向了正轨。

从这个“点儿”上，我想起了当年中国台湾特技演员柯受良，驾车飞越黄河壶口瀑布的壮观场面。据说，当时搭这个台子的是陕西人，创意、打造、设计等，确实下了好一番功夫。可山西人却从这里看到了商机，在黄河两岸摆满了商业摊位，有卖吃的喝的，还有为此专门制作纪念品的，这些商品做的都是“亮点儿”，花钱买了，准让你留下记忆。这说明什么？经营头脑！山西人确实有经营头脑。事后人们说是“陕西人搭台子，山西人赚银子”。

由此我又想到一位朋友曾说的一句话，西安历史文化厚重，西安人却很保守，裹足不前。这句话，我一直在思索着，文化的厚重会使人裹足不前，也可以理解为不越雷池；也可理解为过去的“秀才”，宁可饿着，也决不能“抛头露面”做事，认为那样不体面，就只好一直穷下去。江浙人，当年修雨伞的，换锅底的，做裁缝的，全国到处走街串巷，不怕“丢人”。他们从小营生、赚小钱做起，坚持不懈。后来很多人就“发”了，不少人还成了老板，甚至大老板了。

这就是说，放下架子，不讲小资面子，迈开双脚，就能发展。那位朋友那句意味深长的话，不知是否可以这样理解。那些“鸡鸣三处”的人，就是解放思想迈开双脚的人吧。

二十九、巴塞尔喷水龙随想

在瑞士的巴塞尔市有一种很精致的龙形小建筑——喷水龙。这种喷水龙满城到处可见。这是一个夏日在该城参加军乐节偶遇的。

第一个告诉我并把喷水龙照片发给我的，是石家庄高新区供水排水公司管乐团翻译郝丽英。她说这是喷水龙，大人小孩儿都可以从龙嘴里去接水饮用，挺好玩儿的。

这个信息让我很好奇，从第二天起，我就有意识地观察寻找它，见了喷水龙的造型就用相机拍下来。一个多星期时间，我竟然拍下了不下十种造型的喷水龙。喷水龙被雕塑成多种样子，有长着须半坐着的，这倒有些像我们国家传说中的龙；有像鲤鱼头，身上有鳞的；有像蝙蝠长着鸟头的；有张开翅膀完全像鸟的；有龙身子鹦鹉头的；有头上长着两只角的；有一身两头脖颈很长的；还有身子像企鹅脑袋像乌龟的……，各式各样，活灵活现。

这些多种形状的喷水龙，有高高耸立着的，有卧在水池上的，有安装在广场或街口旁边的，还有建在社区小公园一隅的，无处不见。它们虽然样式各有不同，但有一个共同特点就是龙嘴里有一只管子，一直不停地往外流着水。龙嘴下面有一个小蓄水池，池面不时溅出水花儿和波纹，在阳光下闪着光。

池子有简易的，也有很精致的；有在池边装饰着花草的，也有雕琢工艺造型的，好多种，好多造型很美很耐看。

这些小建筑高也好，低也好；喷水龙立也好，卧也好，除了美化环境外，大概就是方便市民们饮用水吧。停留的片刻，就看到很多人拿水瓶、纸杯之类的器皿接水直饮，个个面带微笑。由此我想，这个城市以龙的形状安装饮用水管，应该是人们对龙的印象很好。也可能这里历史上有什么传说，或许是当年的“龙”给大家带来过好运，所以人们才祖祖辈辈尊崇它，把它塑造成给人们送水解渴的化身。

看到巴塞尔的喷水龙，便不由自主地想到我们国家的龙，龙的话题我们国家最多。戏曲中说封建时代的皇上是“真龙天子”，天之骄子就是上天派下来的，所以自古以来我国无论哪个朝代都崇尚龙。我一直这样认为，历朝历代皇帝们为了统治，让老百姓们都成为顺民，说皇上是龙的化身，是天降，让平民们“无条件服从”罢了。

关于皇上是“真龙天子”的故事，各朝代都编得活灵活现。

民间也崇尚龙，不过与皇家大不一样。过年过节，喜庆丰收等，为显示隆重便以舞龙来庆祝。十几、几十个人在锣鼓点儿和各种乐器的伴奏下，挥舞着长龙在舞步中翻滚，远看像一条活龙在飞跃，这意味着龙带来喜庆吉祥。

可龙在我小时候的印象里却大大相反，更不是吉祥的象征。儿时，遇到下雨打雷天，老人们说是“龙抓人哪”！不行善的，专做坏事且屡教不改的，不孝顺老人打爹骂娘的，还有平时作恶多端的坏人，“上天”已经知道了，趁着刮风、下雨、打雷，派龙来抓他们。儿时常听说哪个村的哪个坏人，被龙抓了，就是被雷劈了。有的还绘声绘色地说，死人身上还留下了龙爪的血印子。

这些故事编得逼真，有鼻子有眼，所以雨天电闪雷鸣时，小孩子就往屋里跑，往大人怀里钻。这便形成了小孩子们怕“龙”的现象。想起那时的传说，也许是大人用“龙抓人”来教育小孩子，不要做坏事，不要对父母无礼，长大了不要做不孝顺父母的事，不然就得“遭报应”而编的故事。反正自幼在小脑袋瓜儿里扎下了根，龙就是很可怕的神物。

“龙”在我儿时脑海里都是不好的印象。后来，上学后，才知道灭种的恐龙，但一直不清楚与“龙的传人”有什么关系。再后来，书读得多了一些，才知道中国的“龙文化”，是中华民族文化的标志，是为使中华民族不至于与其他民族相混同而逐步形成了“龙的传人”的中国文化。

关于西方龙的传说，知之甚少，书上描写的都是“怪兽”一类，会喷火伤人。西方人一般都认为“龙能吐火，头上长角。生着一对蝙蝠的翅膀。长着鹰一样的利爪，身上有鳞、尾巴似蛇，生有倒勾”。有的地方说龙有两只脚，有的地方则说有四只脚，还有“九头龙”，等等。在欧洲各地区各个国家都有自己对龙的传说和描述，有的被描绘为邪恶的“古蛇”，有的被称为“魔鬼”，有的名字叫“撒旦”[①]。《圣经》里的恶魔，也称魔鬼撒旦……总之，西方人对龙的传说常与邪恶画上等号。

但在瑞士巴塞尔市偶遇的喷水龙建筑，确实让我好奇，所以到处寻找不一样的它。它让我想了很多，因为不知道这里的历史和传说，也无从考究，对这种现象只是费尽心思去分析和猜想，也曾试探着询问当地人，无果。到底什么是喷水龙的根源，它是什么象征或有什么神话，不管如何肯定会有一个美丽的传说。

有一点可以肯定，龙在巴塞尔这座城市里，不是恶魔、魔鬼、撒旦之类，也不是喷火害人的怪物。因为它输送给人的水是万物之源，那么人们就爱戴它，敬重它。它应该是善良的化身。这样说，巴塞尔喷水龙就是一个吉祥的象征了。

---

① “撒旦”：西方解释为“邪恶的化身”。

三十、街游

街游，这两个字组成的词组，在汉语字典里竟然找不到。可把这两个字反过来组合，那就是“游街”，解释就多了，游街后面往往紧跟着的两个字就是“示众”。恰恰这几年我却总是与字典里找不到的“街游”两个字打交道。

最初与这两个字打交道，是在欧洲，那时跟随石家庄高新区供水排水公司管乐团多次到德国参加军乐巡演，他们管乐中带有中国元素的节目一下子打开了欧洲大门，连连受邀。

这支管乐团这几年除了在德国进行巡演外，还应邀参加了好几个国家的狂欢节和军乐节。这些节真称得上叫过“节”，很具群众性。在这些“节”的程序里，除了在剧场演出外，组委会都会安排一项盛大活动，叫“街游”。凡来参加军乐节的各国乐团，要像正式演出一样着盛装，和当地市民在大街上融合在一起，边吹吹打打边行进，参加小半天欢快的“街游”活动。

第一次见“街游”，是法国沙隆市的狂欢节，这个节日便很具群众性。在狂欢节街游那天，市民们只要能出门的好像全都出来了。街游的人群队伍从这条街拐到那条街，拐来拐去，比较繁华的街道基本都游到了。街面上，里三层外九层地挤满了男男女女、老老少少。街心、街外，一家子一家子的人，或化着装，或戴着面具，各色各样林林总总，都是你想不到的稀奇古怪的装扮。但有一样是相同的，他们都是兴高采烈自愿加入狂欢队伍里来的。

街游队伍里，有装扮奇特的多辆装饰车，有杂技演员类的小丑队伍，有披挂穿戴美丽的马匹队，有两三米高的巨人队和巨兽队。更多的是叫不上名字来的队伍。他们边走边舞边跳，还不断向街边的人做出怪相，欢笑声、鼓掌声满街流淌着。写到此时，想到宋代词人辛弃疾《青玉案·元夕》里的几句词："东风夜放花千树。更吹落、星如雨。宝马雕车香满路。凤箫声动，玉壶光转，一夜鱼龙舞。蛾儿雪柳黄金缕，笑语盈盈暗香去……"这场面与词里描写的场景足可媲美！

这种场面里最兴高采烈的要算小孩子们了。他们像是过去中国农村孩子过年那样，穿花衣，放鞭炮，追逐嬉闹。最有趣的是互相撒纸屑，打纸屑仗，只要是街游队伍经过的地方，纸屑几乎撒满了街面。人们像打雪仗似的互相撒纸屑，手里撒完了就从地上胡搂成堆撮起来再撒，街面成了大家互投纸屑的乐园。人群中几个像杂技里小丑装扮的"工作人员"，拿着盛满纸屑的大口袋正在一一分发。我估计，这个活动得用去纸屑好几十公斤。

乐团中的大号，号管弯曲向上，调皮的孩子们不断向大号口撒纸屑，号口不时被撒满，乐手们不得不一次次停下倒纸屑，否则大号恐怕就吹不响了。舞蹈演员们头上、身上多了许多色彩，彩色纸屑扮靓了美女，孩子们开心地叫喊着……

这场景就是他们的街游，看不完，写不尽。

瑞士的巴塞尔军乐节的“街游”，与狂欢节不大一样，称得上是浩浩荡荡，得用壮观和威风来形容。因为巴塞尔军乐节在全世界排名第二，规模之大，可想而知。这里军乐节的街游，当然也不一般，这是我在欧洲参加过的军乐节和狂欢节中最壮观、最令人惊讶的。

上街参加和观看街游的市民超过了七八万人，高峰期时甚至有十万之众，真称得上人山人海。在瑞士位列第三大城市的巴塞尔，人口才十四万多，街上竟然能出现十万人，这让人有点出乎意料。后来才知道，人群中有很多从外地城市和村镇赶来看热闹的。欧洲城市的街道比较窄，一下子涌上十几万人，可以想象是个什么样的景观。这人头攒动的场面，并不是人为组织的，大家都是自发前往，都对这个活动感兴趣想去凑凑热闹。

街游队伍在市中心古老的广场上集结时，我看到了“二战”时期的旧汽车，以及三轮摩托车、医疗救护车，还有在地面上的一片被放倒的两轮摩托车。这些人员和他们的服装及装备，一下子把人们的思绪拉到了战争年代将要出征的场面。

街游的队伍有冷兵器长队，他们穿着冷兵器时代的服装，手持长矛、钩枪、大刀、短剑和铜戟。欧洲人自古崇尚冷兵器，善决斗，以示英勇威武。一队队披挂古装的“古人”，在大街上行进，很是引人注目。大概因为是军乐节，他们大概想把自己爱格斗、崇尚剑客、骑士决斗的场面展示出来，借此来体现历史上的欧洲民族精神吧。此刻我想到法国的里昂，这座城市的老城里还完整保留着当年的竞技场，我曾经站在格斗场古迹中央，遥想罗马帝国时代，耳边似乎响起战场上的呐喊声。

参加街游的还有骑兵队伍，很抢眼的是，骑兵队伍的后面紧跟着的是扫马粪的机动车，现代化机械设备紧跟着马屁股扫粪，看着就好玩儿。

在街游队伍里还有一种古炮，模样有些像我们明朝时期的那种老炮，也不知这老炮是哪个年代的，个头儿不太大，紧贴着地面，放在一个小拖板车上。由三个人分左、右、前三个方向，用粗粗的麻绳拴着，牵引着行进，看着很好玩儿，也算得上一景。我想组织者也是想用它表示一种意义吧。

总之，街游队伍里有不少原来不常出场的稀罕玩意儿。

这天街游的人很多，也许大家看这些好玩儿东西觉着稀罕，被吸引了；也许是这里 7 月的天气凉爽舒适，市民们愿意上街看热闹凑趣。参与的人中还有很多志愿者，他们心甘情愿为这场活动忙来忙去服务着。整个街面鼓掌叫好声不断，把街游活动不断推向高潮，一浪高过一浪。

还有一个非常值得一提的城市军乐节，那是在法国的阿尔贝维尔市。这个曾经举办过冬奥会的只有 1.8 万人口的小城市，街游那天，七个国家管乐团列队上街，中国工人乐团被安排在最后压轴。待中国乐团走过后，“轰”的一下，男女老少市民们像潮水一样，紧跟着中国乐手队伍向古城深处走去。“人如潮”这个词，在这里形容最合适。那天，我很激动，想办法站在一个高处，眺望着人流如潮水般地涌动的景象，听着人群在欢呼，我也心潮澎湃、激动不已。

如果要说最自豪的参与者，应该是中国工人乐手们，他们高举鲜艳的五星红旗走在欧洲城市大街上，反复吹奏《歌唱祖国》乐曲，雄赳赳气昂昂，好威武！好气派！

这就是街游，如果解释这个词，应该说是“众人结伙，上街游玩”。

三十一、欧洲的“老年志愿者”

我连续六年在欧洲参加军乐巡演和军乐节活动，在与当地城镇市民交往中，见到一种现象，就是在军乐节上服务的所有志愿者，不管是男士还是女士，几乎全是老年人。

对这些老年人很难准确地判断他们有多大岁数，因为看上去都已经满头银发，后来向翻译打听，才知道他们大都在 65 岁到 70 岁之间。

这些志愿者做什么工作的都有，有做联络工作的，做这项工作需要有一定学历，至少有一定的英语基础，要善于和人打交道。还有的在后厨做炊事员，在餐厅做服务员运送饭菜，在剧场打扫卫生，开大小面包车接送客人，在餐厅及剧场门口查验票证兼做引导员，等等。可以说，军乐节活动中所需要的人，老年志愿者无处不在。

评价这些老人工作，要用热情、认真、负责六个字，他们忙起来很多时候是小跑。说热情：他们总是面带笑容，遇到不好解决的事很耐心，不厌其烦；说认真：他们的工作一丝不苟，做事仔细得像绣花；说负责：只要是自己干的事，不但要干好，而且要负责到底。你只要留心观察，这些现象随处可见。

在法国沙隆市，负责联络中国团队的两位女志愿者，一位 67 岁，一位 65 岁，其中一位老人的大女儿都已经 47 岁了。刚见这俩人时，看她们衣着讲究，身穿时髦的裙子，且不穿裤袜，腿直接露在外边，那可是冬天哪。朋友们私下议论：她们真是楚楚冻（动）人，就不怕冷吗？大家对她们的印象：精神，干练，很靓丽，办事利落。她们性格开朗、爽快，热情地往来于几个国家的乐团之间，说话总是乐呵呵的。闲下来时，就和我们的乐手一起比画着聊一会儿。因为她们惹人喜欢，大家也很高兴和她们聊。这两位女士只要“动”起来就是踮着脚跑步前往，从早餐开始跟着我们，一直到晚上演出结束，一天乐乐呵呵忙来忙去，工作十多个小时。

在法国的阿尔贝维尔市，两位小面包车司机负责接送我们几位岁数大点儿的老同志。他们看上去有 70 多岁，实际年龄也许还小点儿。接送时，他俩怕耽误我们的事情，几天都没有午休。他们跑来跑去，就像国内农村庄户人家，家里来了客人，不知咋忙乎好，一会儿忙这个，一会儿忙那个，生怕招待不好来访的客人。他们的热情和诚恳，感动了我们所有的人。在食堂工作的几位女志愿者，也是 60 多岁。她们很活跃，待人热情、大方，手脚勤快，动作敏捷利索，摆刀叉、拿面包、端果品、取饮料，跑来跑去像年轻人，而且，她们脸上一直洋溢着微笑。

我们参加瑞士巴塞尔军乐节时间较长，整整半个月，大家与食堂的门卫志愿者都成了朋友。在此期间，除了早上在宾馆就餐外，午饭和晚饭都在演出场旁边一个叫“老军营”的食堂吃。用餐时可以看到，所有在这里工作的人，运送饮料的、餐盘后面盛饭的、后厨大师傅，都是老年人。当然，还有演出场打扫卫生的人和门卫，这些老头老太太看上去也好像都超过了 70 岁。

因为巴塞尔军乐节规模大，时间长，我们粗略计算了一下，全天在这里服务的老年“志愿者”至少有 100 多人。因为两顿饭是从上午的十一点多开始（当然，之前还会有许多准备工作），一直延续到晚上的八九点钟，岁数大的人连续工作十多个小时，会比较辛苦，所以猜测他们是两班倒。如果是两个班倒着上岗，老年志愿者的人数估计会更多。

参加巴塞尔军乐节的各国乐手和舞蹈演员有 1000 人以上，还有工作人员及服务人员，这些人全部在这里就餐，一开饭就像我们国家说的“流水席”一样，随到随吃，工作量相当大。

这些六七十岁的志愿者，热情、细心、周到，不论多忙，他们脸上始终挂着微笑。面对这些和蔼可亲的老人，只要是在这里用餐的人，都会对他们油然而生敬意。

我们吃着饭看着他们忙活，不由自主地就议论起这事儿。像这个年龄段退了休的老头儿老太太们，如果是在中国，他们自己再愿意出来当志愿者，恐怕子女们也会坚决反对的。

我动意写这篇小文章，是缘于有一天晚饭时，一位可爱的满头银发的女志愿者的一个动作。因为在饭堂里就餐的是来自各国各色服饰的乐手和舞蹈演员，一队队靓丽服饰就是一道道风景线。这位老太太趁手下的活儿不太忙时，走出了饭台桌。拿着手机先给正吃饭的一排风笛乐手拍照，接着又给英格兰舞蹈队演员拍照。老人拿手机拍照的姿势自然而优美，表情认真而又充满好奇心，这个姿势和表情深深感染了我。再看她身后，一群穿着白大褂的老人，喜笑颜开地齐刷刷站着看热闹。这是多么美好的一幅画面啊。

他们每个人脸上都绽放着笑容，笑得开心，笑得自然，笑得可爱，笑得动人，个个精气神儿十足，样子实在感人。我不由得举起了相机，“咔嚓咔嚓”抢拍下了这美好的瞬间，把这位银发老人拍照的样子，和她身后观景的老人们，一并抓拍进了我的镜头。

这场面确实很感人。老人嘛，他们觉得这样高兴，就要按他们的意愿走，不要去干涉。

这事儿也使我联想到六次到欧洲，在那些国家和城市，志愿者为什么大都是一把年纪的长者？是因为欧洲的儿女不干涉老爸老妈的事儿，随他们去吗？那为什么没有年轻人做志愿者？这里的年轻人都去哪儿了？是外出打工挣钱去了吗？

真的猜不出欧洲这些“老年志愿者”的出现，到底是一个什么原因。是老人有热爱劳动的品质，还是年轻人少了，或“漂”在外地挣钱，已没有人做这样的服务工作了？我希望是前者，老年人爱劳动，也爱热闹，更希望是因为他们的子女尊重老人选择而不过多干涉。

这个判断，也是源于一位叫安格尔的德国老人。这位老人是近几年认识的，初识那年他 75 岁，是搞舞台烟火的，初见他时，看他老人家跪在地板上干活，他的行动感动了所有在场的人。五年后他 80 岁了，仍然从事着这个工作，认真快活地干着。他的话可以当作名言：“我热爱劳动，工作着是快乐的。”这句话，是不是代表着那些老年志愿者的心声？我想如果是，那么这句话就是欧洲老年志愿者的共同语言吧。

三十二、莱茵河畔随想

在瑞士巴塞尔的十多天时间里，基本上每天都在莱茵河边转悠。自从那一日在巴塞尔市城北端的德、法、瑞三国交界处纪念碑前，看见在此流经还分了三岔的莱茵河，此后的几天里，满脑子里想的都是莱茵河。在这座城市里不管看到哪一条小河沟，都在想这条小河是不是通着莱茵河。

我不时在想这条著名的河流，千百年来不知滋润了欧洲多少肥沃的土地，也不知孕育了欧洲多少名世界级的领军人物。

那天，坐在莱茵河边，我呆呆地看着时不时打着漩儿的河水流淌。它湍急的水流，象征着时代的发展，像万马奔腾一样向前；它沉稳的水面，像"白发渔樵江渚上，惯看秋月春风"词句说的，在静静观察着社会的发展；它没有咆哮，不像我们的黄河那样给人以激情，但又觉得它是在心里呐喊；它很清澈，清得没有一点漂浮物和污染物，这也标志着欧洲人民对它的爱，把它治理得清澈干净。

我所居住的宾馆前面一百多米处，过了一条马路，有一座只允许人和自行车通过的还算比较宽的小木桥。桥下的小河，不能算窄，但水流很小，离涨满差得很远，正缓缓地流淌着。虽然是细流，却长年不断，河水在河床上有分岔，被分离的一部分水，在旁边形成了较为平静也有深度的水坑，在桥上能看见鱼儿在里面嬉戏玩耍。河水旁边有零星的垂钓者，他们架着长长的钓鱼竿，悠闲地坐在水边的石头上等鱼儿上钩。

要说这里的垂钓者，就这片“小景”而言，只是个陪衬，最吸引眼球的是天天在这条小河里的戏水者，当然还有几个陪伴者，他们虽然穿着彩色泳装，但不能说是在这里游泳，因为水太浅，只能算是在较深的水里泡一泡，然后或躺或趴在水边的石板上晒太阳。这个“石板”也许就是市政部门为方便市民专门制作的水泥板。当然，也有人悠闲地躺在自带的帆布躺椅上。欧洲人好像都喜欢泡水晒太阳，我在国内好多地方的海边也见过这样的场面。

我一天几次从这里经过，看见他们晒一会儿，再到水里泡一会儿，就这样一遍一遍地重复着，竟然能在这里晒上一天，当然，其间吃点小吃也是少不了的。常在这里晒太阳戏水玩儿的有三五个人，都胖胖的，且女士占多数，她们天天把白皮肤晒得红红的，悠闲地在水边看鱼，撩水玩儿。

每路过此处，我和几位朋友都在桥面驻足，趴在桥栏杆上，看看在水边悠闲的这几位，心想他们那么爱水，为什么不到莱茵河边玩水呢？

不去的原因，我猜测有这么几种：或许是因为他们怕莱茵河水太深有危险；或是政府颁布了法令，不允许个人擅自到河里去游泳；或是他们自觉，怕污染了这条干净的莱茵河。我每每在小木桥上伫立，看着在阳光下沐浴的瑞士人，就会想许多，也猜测许多。看着这片晒太阳、垂钓、撩水的人物小景，像一幅画，想着想着有点儿入神，似乎有些陶醉。

莱茵河发源于瑞士本土，是不是瑞士人民骨子里就很负责任，要从源头上把它保护好，给其他五国做出榜样。如果是这样的话，那瑞士人就会感到责任重大，在保护好这条河流上，人人尽职尽责，就像我们常说的“匹夫有责”吧。不管是何种猜想，反正这条河被他们保护得很好，看了让人心里舒坦，久久不愿离去。

莱茵河流经的六个国家，我曾经去过四个：瑞士、德国、法国和荷兰。第一次见莱茵河是在德国的一个小镇，住宿的宾馆就在莱茵河边上，只隔一条马路。那也是第一次知道欧洲的莱茵河是自东往西流，打破了我从小认知的“千条大河往东流”的认知。因为喜欢和崇拜莱茵河，所以在德国那个小镇居住的两天里，我曾多次冒着小雨站在河边，看河上川流不息的各种船只，仔细地看着那干净的河水。要说喜欢和崇拜莱茵河，那是由于最早知道马克思时，知道了莱茵河，就是来自那句“马克思生活在莱茵河旁”的话。多少次想过马克思小时候一定会在莱茵河里捉鱼。按咱们老一辈的说法，这河一定很有灵性。

看看眼前干净的河流，想想身边那些被污染的河水，再想那些只顾效益而不顾污染的经营者。他们的行径，不是正在辱没祖宗贻害后人吗？难道他们一意孤行得连一点儿反思也没有吗？说到这里，我突发奇想，我国的环保部门真是应该组织那些高污染的行业负责人，领着他们自费到莱茵河边看看，想一想悟一悟吧。

一天，我站在莱茵河畔，看着清澈而又湍急的流水沉思，想这条历史悠久而闻名世界的河……它是西欧第一大河，发源于瑞士境内的阿尔卑斯山北麓，往西北方向流经列支敦士登、奥地利、法国、德国和荷兰，最后在荷兰的鹿特丹附近注入北海。

莱茵河长 1232 公里，虽然不太长，却流经了 6 个国家。这 1232 公里的莱茵河，比起我国的长江 6397 公里和黄河 5464 公里，确实短了许多。但流经 6 个国家的名气又确实很大。它的名气应该与它几千年孕育许多名人有关，反正我是知道马克思时才知道莱茵河的。

莱茵河孕育了两岸各国文化，德国人的严谨、法国人的浪漫，等等，这条河的两岸更是一辈一辈诞生了数不清的影响整个世界的伟大人物。马克思以及以他的名字命名的“马克思主义”，已影响了世界将近 200 年，并且还将继续影响。出生在瑞士的法国人卢梭，是 18 世纪启蒙思想家、哲学家、教育家、文学家、民主政治家。还有影响几个世纪的法国“路易”家族，亚历山大大帝，在马克思之前的德国哲学家黑格尔。荷兰印象派画家凡·高的画作，被尊为全球最著名最珍贵的艺术作品，一直影响着世界绘画界。诞生在莱茵河两岸的这些政治家、哲学家、艺术家真是数不清。

那天，我望着莱茵河水，似乎听到了乐曲，有奥地利的古典主义音乐作曲家莫扎特和早期浪漫主义音乐的代表舒伯特的作品，有水声似音符的德国贝多芬的作品，有莫扎特降E大调、G小调，还有贝多芬的C小调、D小调，他们在创作这些作品时，是不是莱茵河水给了他们灵感？我出神了，觉得这些乐曲似乎就在莱茵河里涌动着，低吟着……

三十三、我掉队了

2019 年的仲夏，我跟随石家庄高新区供水排水公司管乐团在一个月内，参加了两个国家的两个城市的国际军乐节。一个业余的小小企业管乐团，连连被邀参加国际军乐节，真是值得骄傲！我们团队参加完法国的阿尔贝维尔市军乐节后，离开阿尔卑斯山山脚下这座美丽的、凉爽的小城，乘坐大巴车行驶了 6 个多小时，到达瑞士的第三大城市——巴塞尔，参加这个城市的国际管乐艺术节。这里是连续 14 届举办军乐节的城市，巴塞尔军乐节被称为世界第二大军乐节，仅次于英国的爱丁堡军乐节。

到巴塞尔的第二天下午，我们从宾馆到举办军乐节开幕式的地方看场地，这里被称作“老军营”，名字让人猜想，大概此地在历史上是哪个朝代的军营或是军事首脑机关，因此而留下地名。我们每天两顿饭——中午和晚上，都在“老军营”的食堂就餐。

刚到瑞士巴塞尔，就认识了詹姆斯·李，一个很精神的小伙子，他的中国名字叫李一粟，祖籍湖南长沙，算是一位新二代“华侨”。他今年27岁，生于瑞士，上尉军官，在瑞士首都苏黎世服役，按照这个国家举办国际活动的惯例，他是被专门抽调来为此次军乐节服务的。作为中国团队的联络员，他不仅说着一口流利的普通话，还精通英语、德语、法语等欧洲语种。这个年轻人很爽快，见面就熟，对人很热情，很诚恳，刚一接触就对我们说：“按国内习惯，以后你们叫我小李就行了。”

到这个城市的第二天晚饭后，大家一起乘坐叫作8路的公交有轨电车从“老军营”回宾馆。因为当地人少，三节车厢也显得很小，我们的队伍比较大，一上车，显得座少人多，很拥挤。乐团里的乐手赵毅和徐金星夫妇上车比较早，有了座位，看我被挤在一个角落里站着，便热情地把座位让给了我。这个座位在三节车厢最前面，紧挨着驾驶室。坐下后我看着车窗外，思绪开始飞舞，等到站时，我竟全然不知，忘了下车。由于车上人多，到站后团队的人急急忙忙下车了，谁也没有注意到我有没有下车。那个当口儿，我还呆呆地看着窗外想事儿。等车开动时，我无意间回头一瞄，全车厢的人几乎都下车了，只剩下当地的两三个人。

有轨电车在下一个站点停了，我以为这是终点站，便下了车，赶紧顺着轨道往回走，认为这样肯定没错。后来才知道是多坐了两站地，并确定中间有一站没停。这让我的思维错乱了，按照我“坐过一站地”的错误判断，我找不到回宾馆的路了。

我往回走了没多长距离，过了一座大桥，就到了一个停车点儿。我以为这该是下车点，但仔细辨认后，感到此地很生疏，应该没在这里停过，便不再敢往前走。我开始怀疑是自己中途没看清楚错过了，往反方向走了一段路，更觉得不对劲儿，像是回到了我刚才下车的地方。当时我倒没有太紧张，因为一是身上没带什么钱财，二是没有任何行囊，抢财抢色的或是暴乱分子也不会招呼我这个老头儿。

本来想自己解决坐过一站地（其实坐过了两站地）的失误，不想麻烦队友，毕竟大家都累了一天了。可现在看来不求救是不行了，便向工会主席王卿打了求援电话，她按我说的位置，指导我怎么走，结果我俩说岔了，我又被“指导”了回去，而且来回错走了两趟。她以为我已经走到宾馆前边小河桥上了，而我却在离宾馆很远的大桥上，越“指导”离驻地越远。

这种情况下只得靠新认识的“老乡”詹姆斯·李了，王卿找到小李后，他说要给我发定位，我说，还是我发给你吧，你来找我比我去找你简单，主要是害怕再走错。

发了定位，詹姆斯·李让我站在那里别动。我倚着大桥栏杆，从“凭栏处”向太阳落山的方向拍了张照片，手机显示当地时间 21 点 17 分，太阳还露着个小脸儿。我在桥上走过去又走回来，反复走了几趟，过了 32 分钟后，21 点 49 分再往太阳落山的方向拍照片，已经是夜景了。没过一会儿，詹姆斯·李和管乐团副团长缑斌就到了。我很感谢他们，刚来这里就给詹姆斯·李带来了麻烦，詹姆斯·李说：“不客气，应该的，以后叫我小李就行啦。”

刚走到我跟前时，小李说我再往前走几十步，他就不能去了，那边是德国。小李是现役军人，虽然没穿军装，但如果入了人家国境，对方让出示证件，那可就麻烦大了。噢，我真是给大家添乱了。但之后，我又觉得很好玩儿，原来我坐过站下车的地方，那里就是德国土地了。多坐了一站地，竟然又跨了一次国。

这次小意外也见识到异国“老乡”的认真和热情。感慨之余，由此得出一个结论：“以后坐公交车可别思考问题噢！”

三十四、欧洲“女雷锋”

第 14 届瑞士国际军乐节快到结尾阶段，一个故事在石家庄高新区供水排水公司管乐团里传开了。我找到了当事人——随团摄影师闫建新，详细询问了事情经过，觉得出现在德国的这件事，很意外，很感人，谁听了都会惊讶惊喜，写出来肯定能引起众多朋友的关注和反响。

怎么能把这个故事讲得既真切又吸引人呢？我用说书的方式写一写吧。

话说管乐团随行摄影师闫建新，大家都尊称他“闫老师”，他与原中国人民解放军管乐团大校、公司管乐团艺术指导李玉先生二人，趁军乐节一个演出休息日，坐瑞士巴塞尔公交 8 路有轨电车，来到了德国境内的一个商场。书中暗表：这巴塞尔是瑞士最北端的一个城市，位于德、法、瑞三国交界处，公交车可通两国。他们在德国这家商场转了转，感觉里面商品一般化，便离开了，一商量，随意溜达吧。二人兴趣相投，随身都带着照相、录像设备，于是信马由缰，便开始了小旅行，边漫步聊天，边探讨些问题。不知不觉间，大约走了3公里，到了一个小镇。他们看见一家门上写着D·M的超市，便停住了脚。

二人四目一对，眼神儿表达了意思："走，进去瞧瞧！"老哥俩进去一看，里面大都是日化品，什么眼霜呀，精华素呀，洗面奶呀，好多货架上都售空了。转了两圈后，感到索然无味，二人商量说：出来时间不短了，咱打道回府吧。

书中暗表，他们二人信马由缰地走了3公里路，屈指一算，离开瑞士和德国交界处的8路公交车停靠站已经有四站多地了。这二人岁数都已六旬开外，说话间他们走的路程，再加上在商场超市溜达的步数，已经不少了。加之，二人身上都扛着"家伙什儿"呢，还有一定重量。所以，这老哥俩感觉有些累，不想再徒步了，于是商量去找公共汽车站。

这二人虽然岁数不小，但思想都很新潮，思维很活跃。他俩用随身携带的翻译机和手机翻译软件，见路人就打听，能用的家伙什儿都使上，外加手势比画。问了一位老者，又问了一个小女孩，不大一会儿，便走到了55路公共汽车站。

等了不大一会儿，公共汽车来了，要和大家讲的故事便开始了。二人上车买票时，掏出来的零钱钢镚儿掺在了一起，加起来竟有一大把，有欧元也有瑞士法郎，什么面值的都有。在德国境内，是不收瑞士法郎的。这就需要把钢镚儿一个一个地分拣开。因为不是当地人，所以不能迅速分辨出哪个钢镚儿是哪个国家的，需要慢慢地仔细查看挑拣。

因为公交车上是无人售票，投多不能找零，剩下的只能作“贡献”。于是这二位就从欧元和法郎中拣啊拣，司机一遍一遍地喊着，大概意思是“瑞士法郎不要”。这边着急挑拣着欧元钢镚儿，那边不停地催促，当时情况确实挺急人。

此时车上有八九位乘客，大家都等着司机开车。正在这老哥俩着急之时，一位40多岁的黑人妇女走上前来，应该是看出了其中端倪，出手相帮。

这位黑人朋友很麻利，三下两下就把欧元和瑞士法郎分得清清楚楚。可一计算，差了40分欧元不够公交车票钱。咋办呢？闫建新先生说，自己身上最小的欧元面值也是5欧元，要不，干脆把5欧元投进去算了，算是为中德友谊作点儿贡献吧。

他掏出5欧元正准备往里投时，黑人妇女突然拦住：“No，No！”她马上从自己兜里掏出了几个钢镚儿，和闫、李二人的零钱一起投了进去。车开了，闫、李二位一再感谢，车上的乘客也向这位黑人妇女投去赞许的目光。

闫、李二人先是惊讶，后是不知说什么好，按照国内的规矩，应该说一些非常感激的话语。但他俩也不知这位女士会不会说英语，也不知道人家是不是德国人，多搭几句话也费劲。这二位便文的武的都用上，翻译工具加手势比画，询问她垫了多少钱，女士伸出四根手指头，表示40分欧元的意思。

两位老先生感动得只顾说“Thanks”和“谢谢”，在女士下车时微笑着再三“拜拜”，看着人家的身影渐远，才回过神来后悔，咋没和人家合个影啊，咋没问问人家叫什么名啊，人家说出自己的名字，即便不会写，也可以用手机录下来呀！虽然事情已经过去了好长时间，但每每说起此事仍感到很遗憾。

老哥俩反复说，这不是40分钱的事，为什么车上有八九个人，只有她前来帮忙？这位女士的举动，又一次说明世界各肤色的人对中国人的友好，对中国的友好。在和他俩聊时，我脑海里突然冒出一个常用词，叫“欧洲也有雷锋”，对！

看来，像雷锋式的好人，做助人为乐的事，哪国人都喜欢，都受尊重。这段故事讲完了，那么，这段书的名字，应该就叫“欧洲‘女雷锋’”吧。

在他俩谢过“女雷锋”之后，还有句后话。他们又思索了一个问题，公交车上为什么不能刷卡？为什么不能用手机支付，扫一扫不就解决问题了吗？从这一点上来说，他们已经落后我们国家了，这还真是引以为豪的事。

对了，摄影师闫老师还告诉我，本乐团的乐手王琳，也遇到一件当地有人帮她拿了几毛钱、解了燃眉之急的事。好，那就且听下回分解。

三十五、大学生司机皮特

我跟随的管乐团七次去欧洲各国参加军乐节，一位叫皮特的德国大巴车司机四次开车为我们团队服务，大家都很喜欢他，我对他印象极深，回国后不时地想起他。

第一次见他时，他六十岁出头，头发白了一多半，蓄着花白胡须，胡须不长，上唇的胡须修剪得很齐整，下巴也留着一撮儿。他的胡须与其他欧洲人大有不同，瘦高挑的个头很精神，表情很腼腆，始终面带微笑，给人一种与众不同的感觉。他从柏林机场接到我们，在路过“柏林墙”时，大家都喊着车开慢一点，在仅仅两分钟的时间里争取多看看它。皮特先生微笑着尽量满足大家的愿望。

那天大巴车出了城没走多远，就看见高坡上有一段残破的铁丝网。皮特对翻译小蒋说，那就是从柏林城里延伸出来的“柏林墙”，“墙”在城外就是铁丝网了。他说一句，小蒋给我们翻译一句。那天通过皮特的介绍，才知道“柏林墙”用一周时间建成，柏林市里为钢筋混凝土，城外为铁丝网，共25公里（我觉得翻译不准，这个数字可能只是墙体）；后来还有的说是169.5公里（可能为全边境）。皮特说，此墙建成后，从1961年到1989年，28年间试图越墙跑离者达5000人，被捕者3000多人，被击毙者61人。车离铁丝网比较近时，皮特先生指着左前方，向我们描述，那时在郊外看护铁丝网的卫兵，有向企图越境者开枪的权力。

一次，皮特开着大巴车拉着我们从法兰克福出发，去艾尔福特演出。大概离开法兰克福一小时，皮特指了一下右前方的山头，说："那个山头上有一座城堡，已有几百年的历史了。"皮特说，在几百年前，德国本土就有几百个国家（好像说最多时有八百个国家）。一个领主占领一个地盘，就是他的国家。

快到艾尔福特时，皮特又告诉我们，这里不远处是魏玛（Wiemar），是歌德的故乡，被称为"精神首都"，是著名的《魏玛宪法》产生地，曾经还是"魏玛共和国"。现在的魏玛，是德国一个小城市。说它是"精神首都"，是因为这里拥有众多文化古迹，曾是德国文化中心，歌德和席勒在此创作出许多不朽的文学作品，著名景点有歌德故居、包豪斯博物馆等，在德意志历史、文化和政治上都占有很高的地位。

皮特说，虽然现在魏玛就其规模而言只能算是一个小镇，但从它这里走出去的名人，如老克拉纳赫（Lucas Cranach the Elder）、歌德（Goethe）、席勒（Schiller）、李斯特（Liszt）、包豪斯（Bauhaus）等，他们的成就对世界的影响力太大了，尤其歌德的《少年维特之烦恼》。我一边听着皮特的介绍，一边开始走神：这太可惜了，又增加了一次遗憾，与其擦肩而过，却没机会到这个“精神首都”一睹它的风采。不过，我还是挺感谢皮特，他给了我一顿精神大餐。

皮特对自己祖国的历史、地理和传说，了然于胸，张口就来，我对他很是佩服，觉着这个司机非常不简单，只当司机可惜了。

后来向翻译和一位导游询问，才进一步地了解了皮特。皮特在他家乡不莱梅市开校车，月收入两千多欧元。德国国际军乐巡演组委会雇用了他，正好演出的时候是学校假期。雇用期间月薪能达到三千多欧元，所以虽然辛苦他也很愿意来。

皮特高中毕业后进入当地一家军工企业工作，没干几年遇到经济危机又失业了。于是他又重新报考大学，回校园学习。可35岁大学毕业那年，又遇到新一轮经济危机，出了校门却找不到工作。他学的是机械专业，无奈之下就当起了大巴车司机，谁知一开车就是二十几年，都快到退休年龄了。

皮特是德国人却精通英语，工作十分敬业，踏实认真，老实本分。大家尤其佩服他娴熟的驾驶技术，他开的60座超长大巴，后边还拉着一个装行李的拖斗，穿行在德国城市的大街小巷，自如得像我们开小轿车一样。

本来，年龄、经历、个人收入是个人隐私，不轻易示人，可他看到中国乐手们很可爱，就与大家很交心地实话实说，乐手们也都喜欢他，愿意和他聊天。男乐手请他抽烟，女乐手请他吃零食，他还有些害羞。

一次演出结束送我们去柏林机场，平时不在车上听收音机的皮特却一直开着广播，他是怕耽误我们的行程。果然巴士公司播报了意外情况，西进柏林机场的高速公路因车祸堵塞 5 公里，皮特立刻拐进类似我们的县级公路绕道去机场。看他突然下了高速路，大家不解，问了翻译才知道实情，到达机场比预计时间只晚了约 15 分钟。大家佩服皮特的认真负责，机动灵活，纷纷向他致谢。

皮特在开车的同时，还给大家普及了一些德国交通规则。大巴车出厂前就安装了定位、导航系统，巴士公司通过车载设备会不断提示路况、天气、公司所属各车位置，全天不间断监控车辆行踪。按照规定，大型巴士连续行驶 3 小时必须休息 20 分钟，行驶 9 小时必须休息 9 小时方可重新上路，否则将予以重罚。这样一来，我们之前的很多疑问和误会都得到了解释。

皮特的敬业精神实在令人敬佩，一个大学生老老实实当了半辈子司机，研究技术、熟悉路段，处处为人着想，很是难能可贵。这两年去德国，没能再见到皮特先生，心中不断想起他、念叨他。作为一个大学生，安分当汽车司机，这跟我们的口号“干一行爱一行”一样。

三十六、“精神首都”随想

自从在德国知道了“精神首都”这四个字，我心里就放不下它了，满脑子里想的都是延安。

无意间我知道了魏玛

这样说，我如果没有跟随石家庄高新区供水排水公司管乐团去德国；如果不是认识了那里的大巴车司机皮特并与他搭讪聊天儿；如果皮特司机不是位熟悉历史的老牌大学生；如果管乐团不去德国的艾尔福特市演出，恰巧又从魏玛小镇旁擦肩而过，我这辈子也不会知道德国还有个“精神首都”……

那天行车中，我从皮特口中知道了魏玛小镇是德国的“精神首都”，当时虽没能问清楚这个称谓是从何时开始的，但为什么这样称呼却大概知道了一些。这里是著名的《魏玛宪法》诞生地；它曾经是“魏玛共和国”（据资料记载，“魏玛共和国”是指 1918

年 11 月至 1933 年 2 月的 14 年又 3 个月期间，采用共和体制的德国）；再往下说它是著名作家歌德的故乡。还有，这里有很多文化古迹，曾是德国的文化中心，在德国的历史、文化、政治上都占有很高的地位。

皮特向我介绍时，很快又把话题转回来，说这里有歌德、席勒、李斯特等一串响亮的名字，这些人当中有作家、作曲家、画家等艺术家，他们在全世界的文化领域都有一定的地位和影响力。

但我觉得那可能是皮特个人的认识，成为“精神首都”的主要原因，不能仅仅是几位出名的作家、艺术家和某一部出名的作品吧？

带着这个问题，回国后，我请教了几位搞文学研究的朋友，谈了我的想法。他们又帮我找了几本书，比如《魏玛文化》《魏玛共和国时期的德国》等，还找到了《魏玛宪法》。读后，让我填补了一些关于魏玛是德国“精神首都”的知识。当然，认识也还是一知半解，粗浅得很。

《魏玛文化》译序上说魏玛文化“代表的是一种活泼创新的现代精神”，那些被希特勒驱赶出国的德国精英，是“带着魏玛精神散播到世界各地”的，“如法兰克福学派移入美国后，在当地开花结果……”“魏玛文化是德国在 20 世纪 20 年代魏玛共和时期的特有产物，是一种伟大人文精神的大规模展现，是 20 世纪西方文明发展过程中最独特最灿烂夺目的”。

通过书上的这些记载，知道了 1918 年 11 月德国在第一次世界大战战败投降之际，国内引发的一场革命推翻了帝制，政局陷入一团混乱。此时的社会民主党宣布成立一个代议政治模式的民主共和，被称为“魏玛共和国”，这是德国历史上第一个民主共和政体。

为什么当时把这个立宪国会设在魏玛？这是我一直想知道和寻找的，后来还真找到了，曾经被流放到英国的杰出历史学家罗森堡说：“魏玛的选择……是源于一种一厢情愿的想法……没想到在歌德的城市建立国家……建立一个能维持歌德意象的国家。”如此说，魏玛后来更闻名于世界的原因，根源还在于以歌德为代表的文学家、艺术家们。

《魏玛宪法》被称为“是近代史上一部重要的宪法”，是“经过19世纪工人运动，公民财产权的保护开始受到节制，福利权保障的提出标志着资产阶级宪法走上改良路线，因此是进入近代宪法时代的标志”。它“宣告帝制的结束”，“规定了较多的民主权利”。

《魏玛宪法》的基本特点是在肯定和维护资本主义制度的同时，贯彻了一些新思想，使宪法原则和制度明显向前发展了一步。这部宪法占了世界上好几个第一，“对其后许多国家的宪法产生了影响”，并被“或多或少地继承”了。

魏玛小城现下只有6万人，这里却诞生了近代史上第一部《魏玛宪法》，发生了那么多让后人永久记忆的故事。历史学家罗森堡的话，说出了我的猜想：可能与18世纪歌德等文化名人有关系。推论——果不其然——借助文化名城！小说家兼莎士比亚著作翻译家维兰德在魏玛生活了40多年，直到去世；18世纪初著名音乐家巴赫在这里创作了很多音乐作品；诗人和作家席勒也两度生活在魏玛，创作了不朽的文学作品；浪漫主义音乐大师李斯特也曾在这里生活；等等，在这里生活过的世界级名人数不胜数，他们的影响力太大了。眼下人们把魏玛小城描述成“风景优美、古色古香的城市”，它“依偎在埃特斯山的怀抱中，清澈的伊尔姆河水从身边静静地流过，掩映在树木花丛中的中世纪建筑物，富有田园诗风味的公园，还有街头的雕像，都给魏玛增添了无穷的魅力”。丹麦童话作家安徒生说，“魏玛不是一座有公园的城市，而是一座有城市的公园”，这句话给魏玛更增添了神秘色彩。

既然魏玛建都与歌德等人有一定的关系，我就试图在当年的歌德身上找到些什么。揣着这个想法，在我们团队到达德国韦茨拉尔时，总试图去捕捉歌德在这里生活过的蛛丝马迹。《少年维特之烦恼》一书的“译本序”上说，本书的“情节并非完全出自歌德的虚构，很多是实有其事，它是根据歌德本人在韦茨拉尔的一段经历……糅合而成”。为什么这部书那么成功，韦茨拉尔到底起到了哪些作用？我双脚踏在这座小城的街道上，思索着，感受着，寻觅着……

《少年维特之烦恼》“译本序”中介绍，歌德在韦茨拉尔度过了 23 岁生日。这个城市虽是个“又脏又小的古城”，但它很有名，因为这里有“神圣罗马帝国的上诉法院”，“它是全德国的最高法院”，“歌德就因为这个法院才来韦茨拉尔的”，在这里坠入了爱河。当下的韦茨拉尔市，不再“又脏又小”，而是个干净优雅的小城。我踩着小城街上的石板，猜想脚下是否有歌德老先生的脚印，他在这里生活了不到半年时间，却给这座城市留下了不可磨灭的记忆。这里有“歌德路”，一个舞厅后来改叫“歌德之家”，韦茨拉尔人理直气壮地将自己的城市称为“歌德城”。我觉得仅这些就够了，这标志着歌德的精神在这里永存。

说起《少年维特之烦恼》，很多年前就读过，还有些印象但不深了。记忆最深的是，这部书与其他小说不一样，它是用书信体叙述的。一开始感到不习惯，后来才觉得确实是一部好书。现在看来，还是那时年轻才疏学浅。

追踪德国“精神首都”马上就想到延安的原因，是那首脍炙人口的歌的歌词“我还是最爱我的北京”。一说起“精神首都”，很自然想起了延安，在我们国家近百年历史中，产生精神最多的地方，首屈一指的就是延安。可从来没有人称它为“精神首都”，自从知道了德国“精神首都”魏玛以后，我心里便肯定：延安就应该是中国的“精神首都”。这念头怎么也放不下了，故才有了写这篇小文的冲动。

延安应该是中国的“精神首都”

我曾去过延安两次：第一次是 2003 年 10 月工人日报社在西安召开全国记者会期间去的。第二次是 2020 年重阳节，赶巧也是金秋十月，随石家庄高新区供水排水公司组织新老党员参观爱国主义教育基地而前去拜谒。

延安，在七旬上下这一代人的心中，可是个神圣的地方。我从懂事起就知道延安，一直觉着是个神秘之地。后来在中学课本上，又学过著名诗人贺敬之写的长篇抒情叙事诗《回延安》，当然还有其他文学作品，所以对延安宝塔山、延水河、枣园、杨家岭、二十里铺、柳林铺等好多地名都耳熟能详。那可是做梦都想去看看的地方。

20世纪60年代中期，许多年轻人从全国各地涌向延安，一睹她的风采。可由于种种原因，还是绝大多数人没能前去。记不清当时从哪里得到一枚上边镶着宝塔山下边刻有延河桥的纪念章，我戴在胸前，觉得无上光荣。同学和朋友都向我投来羡慕的眼光，惊奇地问："你去延安了？！"当时手摸着纪念章的我，心里美滋滋的。

由此追溯到20世纪三四十年代，一提延安，年轻人热血澎湃。延安成了数以万计的青年追随革命的神圣之地，他们从祖国的天南地北千方百计奔过去，那是进步青年的梦，那里是"中国共产党领导中国革命的大本营和核心枢纽"。据1943年12月22日任弼时在中共中央书记处会议上介绍，"抗战初期到延安的（包括到抗大学习的）知识分子共四万余人，不包括西北局系统"。这个数字指的知识分子，并不包括所有奔延安的青年。当时去延安是要冲破重重艰难险阻的，像重庆、成都等地的有识之士，还得冲破国统区的封锁，绕道上海，才能奔向延安。

当时延安由于生活条件艰苦，共产党爱护人才，心疼那些有思想有进取心的大作家、大画家、歌唱家等艺术家，不舍得让他们到延安吃苦。所以，一大部分进步知识分子，被安置到当时的察哈尔省省会张家口。比如代表性人物丁玲，代表作有《太阳照在桑干河上》；还有后来担任中国美协内蒙古分会主席、北京画院副院长、中国文联副主席的尹瘦石先生，他可是唯一给毛泽东主席在重庆画过像的大画家。他们和一大批艺术人才都被留在了张家口，一直待到新中国成立。故此，当时人们把张家口称为“二延安”。

再到20世纪五六十年代，众多生在旧社会长在红旗下，或者生在新社会长在红旗下的人，也都心向延安。能到延安看一看，是非常荣耀的事，那可是孕育革命人的摇篮啊！

从20世纪30年代到六七十年代，延安就是那么令人神往。

想想魏玛，“魏玛共和国”从头到尾算起来是十四年又三个月时间，它却被德国人尊称为“精神首都”。再想想我们的延安，不更应该被称为中国的“精神首都”吗？想想当年奔圣地的“延安潮”，想想那时的抗大，那里的“南泥湾”，枣园窑洞里的灯光，杨家岭上的石磨盘，更有斯诺、史沫特莱等国际友人采访毛主席、朱德总司令留下的不朽著作，这些影响了全世界，影响了中国几代人。在抗日战争初期，众多的中国有识之士和外国友人有一个共识：中国的希望在延安。我觉得这里面饱含了“延安精神”。1938年华侨领袖陈嘉庚就断言“中国的希望在延安”。美国海军陆战队上校卡尔逊，在《西行漫记》的作者斯诺的鼓励下来到中国，进行了长达8个月行程8000多里路的军事考察，写出了《中国的双星》，其中就有“中国抗战的希望在延安”的赞叹。卡尔逊到汉口后，在写给罗斯福总统的报告中，建议美国向中共领导的抗日武装提供援助。我觉得促使他这样做的原因，就是“延安精神”感染了他。可以说“延安精神”影响了世界。如果说“精神首都”在全世界的影响，延安绝对是无与伦比。

当下，来延安的人络绎不绝，他们是来学习“延安精神”，追溯“延安精神”，想亲自实实在在地感受一下“延安精神”。

说到这里，再回到此篇小文的题目上——“精神首都”！近百年来，我们一直喊“延安精神”，可不知为什么，却从来没有人对延安有“精神首都”之称谓。

“延安精神”有很多精神的元素，艰苦奋斗自力更生精神、实事求是精神、抗大精神、南泥湾精神、为人民服务精神，等等。延安不仅是陕甘宁边区政府所在地，更是“中国革命的大本营和核心枢纽”，被称为“精神首都”是当之无愧的。如果与德国魏玛的“精神首都”产生的影响和效果比起来，在我的心里还是觉着我们的延安伟大。延安产生的精神，有的为打下新中国江山奠定了基础，有的改变了社会几千年偏见陋习（“新女性”精神等）……这些精神融入中华民族精神之中，影响千秋万代。

中国延安这个“精神首都”是亿万人民的向往，更是建立新中国的根基，而且在国际上产生了巨大影响。故此延安“精神首都”的称谓应该喊响，喊亮。

据说，新中国成立前夕，延安人民曾给党中央毛主席写过一封信，信中有条建议要求把新中国首都建到延安。毛主席回了信，高度赞扬了延安老区人民对革命作出的贡献。毛主席的回信，现在就镶嵌在宝塔山下的一块展牌上。我认为，毛主席对延安的评价，对延安人民在革命中所起的作用及作出的贡献的赞扬，似乎就能读出延安是“精神首都”的味道。延安是革命的摇篮，是精神的摇篮，是革命精神的摇篮。它孕育了数不清的革命人，它是全国军民奋勇抗日的精神支柱，它奠定了建立新中国的根基，它是革命人永远的“精神首都”。

也正是这个原因，全国各地的企事业单位的党组织，组织老党员新党员还有要求进步的年轻人，一批批到达延安，去拜谒，去学习，去寻找，去重温“延安精神”，去参观中国当年的“精神首都”，让大家去感受“延安精神”，从这里获取灵感，找寻自己努力的方向，把“延安精神”发扬光大。

一种精神能传承下去，是要靠很多代人不懈努力，坚守如初。来延安的人们在延安革命纪念馆，在宝塔山下，在延河旁驻足思考，不正是为了领悟“延安精神”的精髓吗？

（原载于工人日报社《工会信息》2021 年第 16 期）

友谊之树

三十七、槐花依旧笑春风

——怀念李冀

槐花又开了。

每年“五一”劳动节前后，是槐花盛开的季节，这时，白白的槐花开满枝头，略带甜味儿的香气，沁人心脾，使人神清气爽。即便离槐花林还很远，也会闻到一股清香扑面而来。有相当长一段时间，每当这个季节，《工人日报》老社长李冀，就会与报社离退休的老领导或与其他年轻同事来到河北。

李冀每次来河北，很多时候是带着人到西柏坡纪念馆缅怀先烈。纪念馆坐落在半山坡上，纪念馆后山以及左右山坡上是一片片槐林，槐花的花香浓浓的，沁人心脾，包围着这片神圣的土地。

由于工作原因我常陪人参观纪念馆，自己单位来人，作为“自己人”我便不陪同了。每当这个时候，在李冀和大家去纪念馆时，我便悄悄溜进后山的槐林。一进槐林，便陶醉在花的海洋里，那白色的洋槐花，似白玉雕成一般，晶莹剔透，一朵朵缀在枝条上，有的含苞欲放，有的烂漫盛开，有的密密匝匝，有的疏疏落落；有的直接在阳光照射下，有的在绿叶掩映中。

我去槐林的目的并不是为了赏花，而是采摘槐花，加工后的槐花菜，是一道美味佳肴，虽说“槐花菜”以前是“穷苦”年代供无粮食吃的穷人填饱肚子的，可现在穷人富人还都想它，惦记它的美味。尽管守林人不让采摘槐花，但我还是悄悄躲开他们的视线，在不容易被看见的地方采摘，当然，也得“注意影响”，尽量不影响人们的观赏。每次“逛槐林”，我都会提着一大塑料袋槐花下山。每逢这时，李冀老总一行人的参观也基本结束，他看着我的胜利果实，笑得合不拢嘴，还会说，战利品不少，该凯旋了。

提着槐花，大家高兴地一起回到宾馆，晚饭后，我再把槐花拿回家里，请比李冀大两岁的老母亲来加工制作槐花菜。母亲把槐花先洗净，再用玉米面拌好，然后放在锅里蒸熟。母亲的手艺很好，因过去过苦日子的时候这是一道常吃的菜，所以蒸制手法很熟练，当然也非常好吃，再添加上调制的蒜泥配料，吃起来很香。翌日一早，我把母亲蒸制好的槐花“苦力”（也叫“苦累”，当地叫法）拿到宾馆。每当此时，李冀好像就在等待这口儿，边吃边叫好：“真好，真好！蒸得火候好，蒜泥调得好，太好吃了。”吃上几口后，李冀还不忘对我说：“谢谢你母亲，老人家的手艺真好！”每当这时，大家看着李冀老总的吃相，没有大干部的斯文，老的少的、主人宾客都会哈哈大笑，笑后，都来助战，大家吃一阵笑一阵，好不开心，好不热闹。每年5月，这槐花“苦力”饭成了大家期盼的一味佳肴。

2011年5月17日李冀走了，他永远来不了了。现在正是槐花盛开的季节，李冀驾鹤云游不知何处去了，可这里的朋友依旧怀念着他，亲切地讲他的故事，人们脑际萦绕着他的音容笑貌。唐朝诗人崔护诗句说得好：“人面不知何处去，桃花依旧笑春风！”

那年李冀老总仙逝后我曾写过一篇纪念文章，题目叫《“老总”·“劳模”·“老家”》，因在《当代劳模》杂志上发表，当然与劳模话题离不开，大都说劳模厂长、工会主席朋友对他的怀念。

李冀老总走了这么多年头儿了，河北的朋友一直在怀念他。在河北，从上到下都称李冀“老总”，“老总”这两个字，好像是人们对他特有的称呼，含义太多太多，有晚辈对长辈的爱戴和敬仰，也有同辈人之间的亲昵和尊敬。原石家庄长征胶鞋厂厂长赵藏虎，原保定一棉工会主席任跃珍，他们都是称呼李冀为“老总儿”，“老总”的后面总带着个“儿”音。别看加上这个“儿”音，怎么听都觉得亲得不得了。李冀和一些在职或退休的厂长、工会主席等朋友聚在一起时，那种亲密无间，柔情、欢快，那种老的少的亲如一家的气氛，会感染在场的所有人。和企业朋友在一起的李冀，一点不像一个新闻界名人“大家”，不像一个中央级大报的社长。

前不久，我去看望全国劳模、原邢台机械轧辊公司董事长黄庚辰，提起李冀，他还是鼻头酸酸，眼圈发红。他回忆当年李冀是全国政协委员、他是全国人大代表时的日子，他们在一起有说不完的话题，有工作中的探讨、生活上的关心，有对社会发展看法的意见交换，话题门类多多。席间、茶间，眼神是亲切的，表情是快活的，笑声是爽朗的。

在保定一棉，熟识李冀的人老的、少的都觉得他很亲切，既能和他谈工作，也能和他开玩笑。眼下，这个万人企业在改制中没了，但这里的人们还时常念叨李冀这位不凡的慈祥老人，只要我和他们在一起，大家说不了几句话，就会提到李冀老总。

李冀祖籍邯郸肥乡，他健在时每年总要来河北一趟或几趟。看企业，看工会，看劳模。工作考察之外，也都去看望比他大十岁左右的老姑姑，我多次目睹深厚的“姑侄情”，也曾抢拍过李冀给失明老姑姑梳理头发的镜头。李冀每次回村，看着那座曾经在里面读过私塾的老屋，高兴得像回到了童年。真是人老恋家啊。李冀家的老屋前，有一棵很粗的槐树，这棵树少说也有六七十岁了，每年5月回家，李冀都会看着满树的槐花围着树转几圈，不知这棵树寄托着他的什么情思，是他亲手栽的，还是有什么故事？猜不出，想不透，反正觉得他在眷恋着什么。

每次在跟他回村的路上，李冀总喜欢在县城路边店或小摊上，来一碗五毛钱的素丸子汤，外加五毛钱一个的素馅大包子，这就是一顿饭了。遇到小时候爱吃的水煎包和驴灌肠，他索性蹲在路边就吃起来，吃相很像一个馋嘴孩子。

这一个个镜头，都依稀记在我的脑海里。每每想起时，心里酸酸的，眼睛湿湿的……

李冀走后的这七年里，我到过不少李冀曾经去过的地方，探望过不少他的老友，他们不时提起李冀，敬佩他，怀念他，讲他的故事。我们在怀念故人时，对逝者经常说一句话，叫“活在我们心中”，朋友们在一起谈论时，好像李冀不仅在心中，而且就在眼前。李冀是在槐花盛开的季节走的，借用和改造一下崔护的诗句，人们会在心底里默诵：人面不知何处去，槐花依旧笑春风！

在李冀走了以后，忌日时我曾给他扫过墓，和好朋友一起擦洗过他的瓷质遗像，我也曾和家人一起按照民间风俗给他烧过纸钱，以此来怀念他，更愿他在天堂里“依旧笑春风”。

（原载于《河北工人报》2012年5月26日，有改动）

三十八、下山兰

两三个月来，一有闲，我就呆呆地看着窗台上两盆下山兰遐想，一个上面写着“幽兰”的花盆是酱紫色陶盆，另一个是黑色硬塑料盆，两盆下山兰一株叫“春兰”，一株叫“墨兰”。它们在我眼里，花盆的颜色代表踏实和坚定，兰花则代表着人情和仁义。它们既盛着满满友谊，又饱含重重情义，还代表了它们前主人的善良。

下山兰，顾名思义是从山上下来的兰花。

我知道下山兰这个名字近20年，是刚养兰花不久晓得的。

今年仲夏，我偶得这两盆下山兰，它们出自河南洛阳栾川伏牛山腹地。这种叫下山兰的兰花，弥足珍贵，眼下在山上已很难找到，兰花曾经的价格高得吓人。我虽然爱兰花，但毕竟是个养兰花的“半吊子”，知道下山兰的珍贵但根本没勇气去养它。

据说，兰花有两千种，是一个很特别的花种，我养了近20年兰花，也就仅仅知道春兰（又叫草兰）、建兰（又叫四季兰）、墨兰（又叫报岁兰）、蕙兰等，总共叫不上十种花名。在我国南方的江、浙、粤等地，只要一走进花卉市场经过兰花摊位前，摊主便会拿出名片热情地自我介绍："我是'兰痴协会'的"，"我是兰痴呀"！从这让人意外的头衔和卖花者自得的表情就能看出，兰花该有多诱人。兰痴，爱兰爱到痴，爱得如醉如痴，对于卖花主人的絮叨，我这个养了几天兰花的人，也只能算个"半熟"，所以一句也不敢多言。

为啥有那么多爱兰者，还有"兰痴协会"？仅从这点也能说明兰的高贵，再就是爱兰者数量众多。赞美和诠释兰花的词汇众多，说它象征美好，高雅纯洁，典雅贤德，坚贞不渝；描写它芳香馥郁，气质淡雅；形容女子蕙质兰心，气质如兰；说男子像兰花一样，淡泊名利，温文尔雅。还有以兰花比喻友谊的，自古就有结交到手足之情的朋友称为"兰交"，"义结金兰"讲的就是友谊非常深厚，成了异姓结拜兄弟。

我凝视兰花，它挺拔的叶子坚韧有力，像古装戏刀马旦或武生头上戴的"翎子"，也叫"雉鸡翎"，可以直立，又可以坚挺着弯曲而不折。比如三国戏里东吴都督周瑜官帽上的"雉鸡翎"，增添了他的威风；还有"吕布戏貂蝉"戏里，吕布用头上戴的"雉鸡翎"撩拨貂蝉，戏中有戏，妙趣横生。

下山兰本生于幽谷，与世无争，有没有人观赏，它都一样高贵典雅，一种坚贞不渝的气质。

我看着花，体味其气质，自然就想到送我兰花的战友兄弟张世延，这兰花寄托了我们手足般的深情厚谊。

在部队时，他是连队“给养员”，在军营，都称这个职务为“上司”，多少年后才知道其实是“上士”叫转了音。当时，我在连队还算个“文化人”，常被司务长和炊事班请去，在他们办公室、操作间、饭堂等地方，写一些“勤俭节约”“为人民服务”以及关于后勤保障的标语和规则制度等。亲眼看到“上士”张世延工作的不易，他的吃苦耐劳和精打细算，让我感动。我那时就很佩服他，才二十出头，就那么会过日子，懂得“一粥一饭当思来之不易，一丝一缕恒念物力维艰”。20 世纪 70 年代初，全国都在“深挖洞，广积粮”“备战备荒”，部队吃粮也很紧张。他积极执行连队决定，与司务长等一起想办法大米换小米，大米换地瓜，让大家吃饱。和炊事班战友一起把战士们星期天打来的野兔加工储存好，好让大家多吃几顿荤腥，还想法去肉联厂买碎肉改善战士生活。他平时有烦心事，常找我唠嗑，无话不说，久了，我俩便成了好兄弟。

不觉间，分别已 43 年，再相见时，我们早已年过花甲，世延更是满头银发。这两年我们相聚三次，平时不断通电话，他还念叨要送兰花给我。今年盛夏，与几位战友相约到他家乡河南洛阳栾川山里避暑，在那儿小住了十多天，看见世延为人做事比几十年前更加勤奋能干。我也不知他这几十年还学了那么多手艺，会修自行车、电动车、摩托车、拖拉机、汽车；还会修电视机、空调机、洗衣机等电器。他成天闲不住，听说邻居家、亲戚家、工友同事家哪个机器不转了，就主动找上门干活。现在那么大岁数了，身体也不太好，可还是那个急脾气，只要知道谁家有活儿就跑去给人家帮忙。有一天，他大侄子张晓伟说："我小叔为了上午不影响陪你们几个战友，今早六点前就敲门帮邻居修洗衣机了。"我亲眼看见，我们住处山脚下几户人家，他也不时帮人家修理家电之类，工作起来仔细得像女人绣花。年轻人告诉我，他干别人家活，比干自家的还认真，不管当工人，还是在政府机关工作，他几十年乐善好施，帮了多少家忙，谁也数不清。他老说："学手艺就是方便大伙的，不干，手艺不就白学了？"

我每每端详这两株下山兰，就好像听见世延老弟说的话，看见他正在为邻家忙碌的身影。他像一株还没有下山的"下山兰"一样，与世无争，耐得住风吹雨打，有没有人观赏，都傲立在山间。叶子那样挺拔，待人那样挚诚，品格那样高洁……

（原载于《工人日报》2018年11月19日，有改动）

三十九、站在老君山顶

我写下这个题目，没有想借用杜甫《望岳》里“会当凌绝顶，一览众山小”的意思。因为我站在老君山顶举目远眺，看到的是崇山峻岭、层峦叠嶂，确切来说应该用“起伏的山峦”更恰当，而没见“众山小”。

“起伏的山峦”是说从高处看远处的山峰层次感很强，放眼望去，能看清楚七八道以上起起伏伏的山峰，而且远近色彩分明。美得让人目不转睛，惊讶，赞叹啧啧称奇。

这老君山就耸立在八百里伏牛山腹地，最高峰海拔 2217 米，位于河南洛阳栾川县境内。从山上往下看，栾川县城就像坐落在仙境一般，时不时显现在云端中，它就是诗句“白云生处有人家”中的“人家”。

那么，这里为什么叫老君山呢？

相传，老子李耳写完《道德经》出了河南省灵宝市的函谷关后，“失联”了。

不知过了多少年，传说老子出了函谷关，骑着青牛，到了八百里伏牛山腹地的最高峰景室山，归隐此处炼丹了。从此，景室山更名为老君山沿袭至今。

据《河南通志》记载：“老君山在卢氏县东南二百五十里，相传老子修道于此，上有丹灶、丹井。”还有书记载：“老君居景室之山，在内乡县西北二百五十里处，与世人绝迹……”还有“老君山，突峰悬崖，隐现云表，世传老子学道于此，丹灶、丹炉遗迹俱存，故名”。古志记载了卢氏县“东南”和内乡县“西北”两个250里，就界定了此处。

近年来，栾川县委县政府下决心开发这块“风水宝地”，用融资、承包等方式，斥重资打造“仙境”，投资近15亿元，重修并用金水刷新了“道德府”“五母金殿”“玉皇顶”等五座金顶建筑，号称“金顶群”。索道接二连三地开通，大大方便了上山拜谒游览的游客。

近二十年精心修建打造，“老君山”成了栾川八景的龙头景区，其他景区也应运而生。这“八景”有国家5A级风景区2个，4A级风景区6个，它们是：老君山、鸡冠洞、重渡沟、龙峪湾、养子沟、天河大峡谷、伏牛山滑雪场、抱犊寨。更吸引人的是这八大景区里，除了好看“养眼”的溶洞——鸡冠洞外，其他七个景区均为天然“氧吧”，确切讲应该叫“制氧舱”。这里的“八景”可称为“七氧舱一养眼”。

一个深山里的小县，自古称“九山半水半分田”，就这七个字，可以看出这个山区“穷”多少年了。可顺应改革开放的春风，旅游业一下子遍地开花了。

栾川八大景区之一的龙峪湾，不能用“最绿”“覆盖率”等词来描述，应该用“森林覆盖的厚度”来表达。这里可以说是“立体绿化”，从山顶到山腰再到山脚，最高的树木高达 15 米，有的甚至达 20 米，中间有 5 到 10 米的，地面还有灌木和花草。所以说这里称作天然氧吧感到还不够，简直就是一个大面积制氧舱。据说，这里的康养度假已成规模，每年有大批游客来此定居休假，来参加“洗肺”这个时髦运动，人们尊称这里为“中原肺叶”。

据介绍，从龙峪湾再翻过一道山梁，就是“原始森林”了，山里面还有野生动物，目前发现的有野猪、野鹿、野鸡、野兔之类。这里高海拔，森林茂密，适合野生动物活动，栾川县便开发建设了竹海野生动物园。他们计划用 5 年时间投资 8.25 亿元，建成集科普教育、旅游观光、亲子度假、野生动物散养救助于一体的大型旅游景区，打造中原地区千虎基地（东北虎 + 熊猫）和万亩竹海养生度假区。这些项目听来就诱人，眼前像展开了一幅活生生的美丽画卷。

栾川八景，除老君山的人文古迹重修重建外，其余是完全没有雕琢的纯天然自然景观。噢，还值得一提的是，老君山顶有一巨石，巨石的两边分别写有“黄河”“长江”，这里就是黄河流域和长江流域分水岭。

我站在标有 2217 米伏牛山最高峰的巨石旁边，向北想看到黄河，向南想看到长江，可真的看不到，连距离栾川最近的伊河也看不见。大概是山上太茂密的森林和仙雾给遮挡住了吧。说到伊河就不难想到杜康酒，据说“杜康酒”在这里有“伊川杜康”和“汝阳杜康”之争。但我觉得不争的应该是伊河水，杜康酒的好喝与闻名，应该离不开伊河水吧。此时，曹操的传世名句“慨当以慷，忧思难忘。何以解忧？唯有杜康”，好像回荡在耳旁……伊河水不但酿出了流芳千古的琼浆玉液，还孕育出多少英雄豪杰忠勇之士。

想到这儿，自然有一个问号，老子当年为什么会选择来景室山修炼呢？用现在的眼光猜想，应该是因为这里山好，水好，空气好；旧时，那就是风水好，有灵气。到底老子在这里炼成了什么丹？没有记载传下来，也无从考究。其实，也是给后人留下了一个悬念，就是：悟！自己去悟吧，精髓是靠悟出来的。

写到这里，忽然替栾川县老君山为首的旅游景点想出几句广告词：

想觅老子足迹吗？想悟《道德经》之精髓吗？想看深山奇景吗？想享受大自然之灵气吗？请到洛阳栾川伏牛山。

陪我领略老君山风景的年轻人叫张晓伟，是战友的一个侄子。他是栾川县摄影协会的副主席、秘书长，一个很敬业的年轻人，对摄影很有研究，有不少反映栾川风景的好作品。他在县里交通部门工作，对栾川旅游发展十分了解，自然，消息也很灵通。他告诉我，眼下正修建的郑州至栾川的高速公路 2020 年底竣工，贯通后这段路只需 2 个小时，比从洛阳到栾川要节省一个半小时。他还告诉我，栾川县眼下正在上“易拉罐氧气”项目，真的使这里的空气也变成了商品。山里的空气变成了商品，这实在是奇思妙想成真。

这些变化，都说明栾川人随着市场经济大潮在不断进步，拓宽思路，引资开发，发展旅游项目，创造时髦商品……这些，按照迷信说法就是“老子”在显灵啊。西安人有句话叫“翻身全靠共产党，致富感谢秦始皇”，是说旅游让他们有钱了。顺延着想，不久的将来，“老子”的神灵也会佑护栾川富起来。

我坚信，老君山这座文化名山将会更加引人注目。

“山不在高，有仙则名”，祖籍洛阳的唐朝“诗豪”刘禹锡老先生，此时似乎对着家乡的老君山在说……

（原载于《工人日报》2019 年 10 月 20 日，有改动）

四十、"书"成就着我的梦

按照多年来的有关（其中包括权威的教育界人士）界定，我属于"文化大革命"前的"老三届"人。我们这一茬人，最幸运的是曾经被推选上了"工农兵大学"的，这是极少一部分；还有就是赶上了恢复高考走进大学校门的，也是很少一部分人；再有就是绝大多数在上山下乡和回乡或留城工作后，不管在哪里，都刻苦自学，艰苦努力，靠奋斗一步步改变命运。我算是最后一种吧。

在这几十年里，虽然坎坷颇多，但我还是多次成了幸运儿。我经常对朋友们说，我这几十年里，有三件事没"够"（厌烦）过：上学没上够，当兵没当够，当记者没当够。上学没能进入高等学府继续读书深造，是因"文化大革命"中断了学业，所以留恋学校的课桌；当兵没能继续，是因"文化大革命"期间父亲有"政治问题"，受到牵连，不得已离开了军营；当记者还正在新闻写作的道路上猛跑时，突然到退休年龄了，还真有些收不住，因钟爱新闻工作而刹不住车，眷恋不舍。几十年虽有众多遗憾，但还是靠不断读书基本实现了自己的愿望。

我忘不了在读书用书道路上遇到的“贵人”，我与这些“贵人”曾经发生过许多终生难以忘记的故事，这些“贵人”和故事时时都在激励着我，这是一直想告诉我的朋友们的。

也可能从小受奶奶的影响，我多愁善感，看戏入戏，看书入书，随着书中的情节激动、兴奋、憎恨、流泪。这可能就是大家经常戏说的那种“看史书流泪——替古人担忧”的人。后来通过回忆和理性梳理，我觉得奶奶就是引我看书入书的第一人。记得看过的第一部长篇小说是初中一年级下学期读的《儿女风尘记》，这本书描写了主人翁小马一家的悲惨遭遇，相依为命的姐姐被卖到天津妓院受尽折磨。当时一边看一边流眼泪，待看完这部书感觉流了有半碗泪水。这本书使我懂得了同情人，也教我怎么帮人。

两年写360篇稿件的启示

走出校门到部队，一踏进军营大门不久，就“听说了”一个学习榜样。为什么叫“听说了”——因为没见过。我刚到连队，连里的领导、班长、老兵们，多次给我讲连队里一个真实的故事：说是前几年连里有一个兵，爱看书，爱学习，爱写作，就是连点名他也带着个小笔记本儿记录。在当兵的两年时间里，他向当时的大军区报纸投了 360 篇稿子。基本上是两天投一篇稿子，一直这样坚持着，可他投给报纸的稿件都石沉大海，没见“天日”（没登报）。

最后一篇是在他的战友“激将”后写的：“你看你，写了两年也没见一个字登出来，你可能不是这块料，用心干别的吧！”这本来是句劝解话，可他把这个话结合自己两年来在写作道路上“坚持的苦衷”，以“读者来信”的方式，写给了报社。没料想，这篇稿件居然登出来了，这家伙得到了鼓励，更激发了他写作的热情。再后来，这位可爱的战友怎么样了？到哪里去了？我无从得知。

不管这个素未谋面的战友的故事是真的还是传说，此事真的深深扎进了我的脑海里，他成了我一辈子“做事要坚持”、要持之以恒的榜样。我觉得只有这样才能学到东西，丰富自己。在后来的记者生涯中，这个故事也一直激励着我。

其实我的第一篇稿件见报，也是一篇“读者来信”，编发者是《邢台日报》工商科副科长丁峰。稿子第一次印成铅字，喜悦之情难以言表，丁峰成了我走向新闻道路的引路人。

部队里那个“爱学习爱写作”的战友和他的投稿故事，还有给我编发“读者来信”的丁副科长，他们一直在激励着我。

“书”成就了我的道路

1970 年下半年，有一个星期天，在部队营房宿舍里，我正坐在床板上看书，本班河南孟县籍战友李长智突然问我：“班长，你成天看书，到底看了多少书呀？”我随便说着玩儿：“我也不知道，你要有兴趣，我说着，你记记看！”他当真了，一统计，哈哈，一下子竟有二百五十部小说。

一听这个数，当时觉得还很自豪，也骄傲了一阵子。可多少年后，我再算这个读书数量，就没那么骄傲了。记得我大概是从1964年初，开始在课余时间喜欢上读小说的，到1970年，这六年多时间里，平均每年读小说35到40本。这个数字与目前世界先进国家的人均读书量相比，只能算个中上等数字吧，也可以说比较高，但绝不是最高。最高的俄罗斯、以色列等国家，它们人均读书量能达到50本和60本。记得还有一个小国家人均读书量能达到70本以上。那可是一个国家的平均读书量啊。何况我的读书数量是在逐年下降。回头看，有自愧不如之感，可也有原因啊，就是那个时代能找到书读是件很不容易的事情。

那个年代能读到那么多书，也是一个巧遇，当时也只是抓住了这个机遇而已。在离开校门之后，我得到了一个读书机会，那是千载难逢的。我入伍时正是“文化大革命”期间，所在的部队离开营房到前线“三支两军”军管铁路，驻扎在河南省三门峡西铁路地区。当时有一个很时髦的名称，叫“工人、解放军毛泽东思想宣传队”，简称“工宣队”，部队派我随队进驻铁路医院“支左”。这期间，认识了一个叫翟明珠的医生老大姐，见她在看一本《收获》杂志，我就恳切借阅，而后又读得很认真，一下子给她留下了好印象。她是上海人，大学毕业被分配到这里，她一直订阅着上海出版的《收获》杂志。我一本一本地借，她看我实在爱看书，索性把她收藏的所有《收获》杂志全部给了我，好像记得我几乎从这本杂志创刊起都看了。后来在我随部队离开三门峡西时，连同其他书在内，装满了一大纸箱子，都放在了这个医院的鹿英老大姐家里。

再一个机遇是“工宣队”到了铁路中学。当时学校图书馆都封存了，我是解放军，当然可以随便拿书来看。那个书海哦，在书面前，我简直就像一个在“太阳公公”下山前在宝藏库里拿金子的那个“贪婪人”。我从图书馆抱回一摞摞的书到临时属于我的狭小空间——自己的宿舍埋头苦读。那时睡的是一个硬铺板床，此地属于黄土高原，冬天气温很低。学校有个球友——后来成了好朋友——体育教师赵清波，他帮我找来一个 500 瓦大灯泡，把它安装在铺板下面，又取暖又采光，满屋子亮堂，看书光线非常好。啊！什么叫幸福？这就是幸福！我徜徉在这样的书海里，汲取着书中的营养。

读书期间，我从书上摘抄记录了四小本儿笔记，这些“摘抄”里，有名言，有警句，有格言，有诗对，有楹联，有谚语，还有歇后语，更有大段辞藻华丽的散文式描写，等等。我不时地把它们拿出来看看，本子上记的这些东西看久了，慢慢便成了我的了。

说到这里，我突然想到我从哪本书上抄录下来的一段古希腊哲学家苏格拉底的故事：有一天一位青年去找苏格拉底，请教苏格拉底怎样才能获得知识。苏格拉底问：“你需要知识到什么程度？”青年说：“需要得很迫切。”苏格拉底带着那青年走到海边，将青年的头按入海水中，许久才提起来，又问：“现在你需要什么？”“空气！”青年惊慌地叫道，“现在我最需要空气！”苏格拉底说：“如果你需要知识像需要空气一样，你就能自己获得知识。”

这个故事我抄录后曾反复拿出来看，便牢牢地记住了它。有时合上笔记本，还想，找苏格拉底的那位青年后来怎么样了？猜想，如果从当年的那个举动里得到灵感，悟出道理，应该也成为一代大师了吧。

记得我从部队临退伍离开军营时，连队的指导员唐仁和让我在新老兵见面会上发个言。我领命后几乎用了一个晚上，写了一篇发言稿，实际上写的是一篇记事抒情散文，第二天在会上声情并茂地朗读了。在场的战友们都哭了，老兵哭了，指导员哭了，新兵也哭了。我是带着感情写的，更重要的是，稿子里就有我改造的“书”里面的语言和手法，这才感动了众人。这次的成功，后来，我称它为读书后的“初试牛刀”。读书能提高自己，读书有用武之地，从这次的“初试”，更坚定了我读书的信心。

那时就想，从部队回到地方能找到工作，如果允许我选择，第一个志愿就要求到古董商店工作，那里生意不多，一年开不了几次张，我会有大把的时间趴在柜台上看书。可惜，那只是个梦想，不可能实现的梦想。

“书”继续着我的梦

在我没有正式走进新闻队伍之前，边学习边写作，配合单位写一些小通讯表扬好人好事外，自己还琢磨写点小杂文、小诗歌、小散文等。这些大都写得比较粗浅，只是有感而发，大部分还属于“书味儿”的“学生腔”——干喊。就像我的朋友著名京剧艺术家于魁智曾对我说的，唱戏的三个阶段：喊、唱、说。到达“说”的阶段，就娓娓道来了。初期我的写作只能算是“喊”吧。但这样的写作伴随着读书，也就坚持下来了，慢慢走向了成熟，写好稿件的梦，写书的梦，逐步变成了现实，不再仅仅是“梦”想。

几十年后再看我最初写的散文、速写之类，稚嫩得很。这些文章追求华丽辞藻，多于形象思维，因为这些都还是来自书中的句式和用词。说到这里，想到在部队时我们师的一位副政委，早已不知道他叫什么名字了，可他的几句话，却一直影响着我。他说，他 8 岁时第一遍读《水浒传》和《三国演义》，那时只追求故事热闹，喜欢李逵、张飞，就追着他们的行踪跑。读书飞快，“一目两三行，过后不思量”，“走马观花，一目十行”；28 岁二次读这两部书，看的是作者对人物的描写和环境的衬托，斟酌词句；48 岁三次读此书，是看书中的门道，为什么要“三打祝家庄”？为什么要“六出祁山”“七擒孟获”？从书中研究战略战术。

想想这位副政委读书的体会，再想想自己，书读得还是少，思考得更少啊。

真正进了“新闻人”的圈儿，在研究新闻写作中，还是没离开读文艺作品，有时也把文艺的手法，运用到新闻写作中。

其实最初并没有想那么多，只是有读书的爱好，后来又愿意写点东西。这个看书与写作，实际上是自然发展而来的，在某种意义上讲，看了就想写写。就这样在书的影响下，“写”过来了。没想到“写”成了我终生爱好的职业，“写”，使我正式走进了新闻队伍，更没想到在新闻道路上走了几十年，一直写了几十年，成为我终生痴迷的工作。这梦想和追求的实现，就是源于不停顿的读书学习。

四十一、“只因朋友遍九州”

说起朋友，我有说不完的话，有讲不完的故事。因为这几十年自我离开亲人和温暖的家以后，是靠朋友对我的帮助、支持、厚爱、包容、提携走过来的，我很感谢我的这些朋友。我从十八九岁离开校门走出家门，几十年里，遇到了各类朋友，知心的、知己的、交底的、坦荡的、义气的、同情我的、理解我的、喜欢我的、爱我的等。在他们一路呵护、支持、鼓舞、激励下，我走了下来。他们每个人都是一本书，给了我知识和力量。我有过泪水、有过懊恼、有过惆怅和失意，每每这时都有朋友在身边；当我取得成绩和有了荣誉，他们比我还高兴，和我一起分享快乐。没有他们这样对我，就没有我后来的一切，起码不会有那么顺风顺水。甚至我多次这样想，没有他们，我会永远停滞在无知中。我能交到这些朋友，是遵循着我奶奶教我的“在家靠亲人，出门靠朋友”的思想，给了我交朋友的魂。

“人敬咱一尺，咱敬人一丈”

怎么交朋友？“人敬咱一尺，咱敬人一丈”是我孩提时，奶奶教给我的做人道理。这个道理贯穿了我的大半生，指导着我大半生，我遵循着做了大半生。

这句话里含有“尊敬”“舍得”和“包容”等多种寓意。如果人家给你一点，你就还人家一点，用“一点还一点”的方法做人（或者说交友），给人的感觉好像是“我不欠你的人情”“还给你了”。此做法“只是还”却没有了敬意，会给人以拒人千里之感。这样“平等”地走动几次后，这个朋友就会丢失，人家就没法再与你来往了。对方关心你，给你一根鹅毛，你就应该理解为“礼轻情义重”，必须“重”还。这样的礼尚往来，就是心中有人家，尊敬人家，你敬我，我敬你，越走越近。你如果舍不得这个“重”，没有敬意，与对方只是“一还一”，“几步走”之后，就会只有自己了。

这句话就是“得人点滴之恩，当以涌泉相报”的民间通俗版。简单地说就是“报恩”，事事都把对方给予你的“点滴”，当作恩来报，这样做人是厚道的，就能持久，永远。

“敬”还有一层意思，就是多看对方的优点，交朋友要交他的优点。如果老挑别人的毛病，看别人的缺点，这一生恐怕一个朋友也交不上。正是因为我的朋友时时鼓励着我，他们鼓励我的优点，更是原谅我的过失，在长期交往中才一路走了下来，才使朋友越来越多。

“只因朋友遍九州”

“只因朋友遍九州”这句话来自河北省军区老司令员张振川那里，张振川是我的前任站长牛大岐老兄的老军长。老首长一生爱交朋友，离休多年，每年重要的节日都邀请他的老部下到家里做客，把两箱茅台酒往地上一放，让来客不醉不归。他说：“我离休工资每月一万多，还不够你们喝茅台酒的？！”

老首长戎马一生，为人仗义，性情豪放、爽朗、大气。在他家客厅里挂着一副对联，代表了他的性格和心胸：“敢向世人夸豪富，只因朋友遍九州！”

老首长的这副楹联，我已知道多年，也经常琢磨这句话。富有，多少钱才算多？才算富？钱多了用它干什么？唐朝大诗人李白的话说得好：“千金散尽还复来！”李白的思想境界太高了。“还复来”是啥意思？你舍得花出去，把钱散给更需要钱的人，尤其是那些没有这点钱日子就过不下去的人。你救了人，交了朋友，闯过了难关的朋友，“还复来”的不仅仅是钱，是友谊，甚至成为过命的交情。这种友谊是多少钱也买不到的。人不能与钱过一辈子，但可以与朋友相交一辈子。朋友多了，可自夸为“豪富”，“精神富翁”啊，这位老首长是何等的胸襟和精神境界！

朋友有许多种，有俞伯牙和钟子期那样的知音朋友；更有鲁迅和瞿秋白那样“人生得一知己足矣”的知己朋友；有清茶一杯的清淡文雅聊友；更有在战场上、在特殊的艰苦环境中患难与共的过命朋友；有兴趣相同为了专一爱好目标可牺牲一切的朋友；

有异性红颜朋友；还有一见钟情的朋友，种种种种。不管哪一种，都是从交心而起，谈得多了，知己知彼，以至达到可互相托付的朋友。

朋友多了，各类朋友遍及“九州”，路就好走了。

怎样才能交上朋友？还是那句话：看朋友的优点，交朋友的优点。如果对人挑来挑去，可能一生也交不了朋友。

我很感谢我的朋友都这样对待我，我有很多缺点、弱点，但我的朋友似乎都能原谅我，我一生最感谢的就是这些理解我、容忍我、宽慰我、帮助我、支持我、鼓励我的朋友，没有他们，就没有我的一切。

“朋友是自己找到的亲人”

我父亲15岁时参加抗日革命工作，到70岁辞世，离开家乡55年。在他去世时，我叔叔算了一笔账，说他们亲哥俩在这55年时间里，算上我父亲探亲假回家、我叔叔因工作出差转弯看望、家里有事相聚等，满打满算加起来，在一起的时间最多不到三年半。亲兄弟55年里在一起不到三年半，也就是一生的十六分之一吧。

再后来，我也算过一笔账，我们同事之间、工友之间、朋友之间，在一起的时间有十几年、几十年，甚至一辈子。有在一个办公室面对面办公的、在一个岗位干活的、在一个“班子”搭伙的。真正的亲人不能朝夕相处，而同事朋友却能共事一生，处成了好友、亲人。还是老话说得好：“百年修得同船渡，千年修得共枕眠。”我相信友谊、情意是修来的。更坚信是通过珍惜、尊敬、包容才持久的，当然还必须有舍得、不计蝇头小利等“君子行为”，来进一步巩固。

近年来，“在经济发展中”或“受经济利益的驱动”，人心浮躁、情薄、义轻，大都往“钱”看的今天，有人却反其道而行之，总结琢磨出这样一句话：“亲人是上帝送给你的朋友，而朋友则是自己找到的亲人。”总结出这句话的人，不知有多深的生活阅历，经历了多少苦难、挫折、磨炼，又曾交往过多少朋友，得到过多少志士仁人的同情、理解、帮助。丰富的阅历，铸就了这富有哲理的语言。

刚听到这句话时，我夜不能寐，辗转反侧。我这大半生中，遇到、找到了许许多多亲人。他们在我学习、生活、工作道路上，拉我、扶我、激励我、呵护我、爱我。几十年里，每一个成长的阶段，都有贵人相助，这些贵人，就是我的亲人，事实上也真正成了我的亲人。所以，到什么时候我心里都不孤单，“只因朋友亲人在身边”。

四十二、友谊·坚守·延伸

邹韬奋说："友谊是天地间最宝贵的东西，真挚的友谊是人生最大的一种安慰。"

罗兰说，友谊是一种相互吸引的感情，因此它是可遇而不可求的。

心诚则灵

2016年8月的一天，一个陌生的电话号码出现在我手机里，急促地响个不停，一看是河南洛阳的，想到这大概不可能是"电信诈骗"吧，就接听了。电话那端传出一个慢悠悠的河南洛阳口音叫我，啊?！原来是我的老战友张世延。他说："我都找你找了四十多年啦，中央电视台倪萍主持的寻亲栏目《等着我》开设得太晚了，我都要准备上她的栏目找你啦。"说着，他的声音有些嘶哑，继而断续着哽咽，我断定，他很激动，也许，不，肯定在流泪……

有句老话，叫“心诚了石头也会开花的”，也就是说“心诚则灵”。世延老弟的诚心感天动地，就这样，阔别43年后，我们联系上了。这友谊之花是对他心诚的坚守而开放的，因为他见人就打听，终于如愿以偿。他是通过本县服役时间较长的一位老战友与焦作战友张振宇联系，找到了我的电话。自从联系上之后的几个月里，我和世延一直不间断地通话，他催促我赶紧到他家乡河南洛阳的栾川早日相聚。

10月11日，一个难得没有雾霾的日子，阳光明媚、天高云淡、风清气爽。我终于成行了。我从石家庄出发直奔郑州，这期间我已约上老战友山东单县的梁庚臣、江苏如皋的孙长银、徐州睢宁的许辉，更有河南焦作的张振宇夫妇。近中午时分，在郑州工作的栾川籍战友薛长法已经在郑州东站接到了山东、江苏的三位，近14时，我们在郑州的莆田高速路收费口相见了。前三位我们早已联通，且去年刚见过面，而相隔43年才见面的是薛长法，像做梦一般，与河北近在咫尺的一个连队的老战友，43年才得一见，这个瞬间，有遗憾，更珍贵。我们紧握双手，我上下打量着他，乍一看，不敢认，稍微一细端详，还是那个模样，看着他，往事历历在目。

来不及多叙，我们赶快上车，要赶紧向目的地栾川“进军”。

聚首栾川

九座“大众”面包车在高速路上飞速行驶着，我的思绪也飞速运转着，脑子里像放电影一般，四十多年前的军营生活，一幕幕清晰地展现在眼前……近三个小时，车子到达栾川收费口。这时，张世延等人早已在路口等候。车子一停，我下车一眼就认出分别 43 年零 7 个月、满头白发的张世延，他紧紧抓住我的手，继而抱着我的肩膀，眼泪夺眶而出，继而抽泣。我眼泪也止不住潸然而下。他说："老哥，我找你找得好苦呀！"我说："我也一直在打听你，现在找着啦，找着就好，以后会常见的，我们岁数都不小了，不要太激动了。"这时众人都围了上来，有早已到达的张振宇夫妇，三位另一个营的战友，还有张世延的儿子张伟华、侄子张晓伟等人。我们一一握手，场面像迎接前来视察或考察的领导一般。哎哟！我们享受了一次外交"礼遇"。没有客套，没有寒暄，拥抱得那么真实！大家一一握手完毕后，张世延又一次抓住我的手，眼泪还是止不住流下。我赶忙说："好啦好啦，别老这样，我上你的车，咱上车接着说，这几天有时间聊。"我俩手拉着手上了车。

这天的晚宴是超规格的。世延儿子原本安排在住宿的宾馆就餐，可人数太多，这里没有能盛下 20 人的餐桌，又赶紧联系有大餐桌的酒店。席间，没有客套的讲话，酒杯为离别四十余年的情谊举起。晚宴喝的是杜康酒，这酒是世延存放了半辈子的"收藏精品"。

老酒，老友，老情，老泪，酒香情深，情切切，意浓浓。端着杜康酒想起了曹操，他咋就喝着杜康酒写下了那么不朽的《短歌行》，"何以解忧？唯有杜康"，此时此景，突然觉得，曹丞相的诗好像为我们的友谊而作，这句诗的前两句更甚，"慨当以慷，忧思难忘”，我们都是慷慨之人，更是为友谊“忧思”“难忘”。

席间，当然会提到我们尊敬的连队指导员唐仁和，他四年前离我们而去了。当时，世延老弟曾小声和我耳语，我们第一杯酒应该敬指导员洒在地上，我说，我也这样想，可这么多人会让大家太伤感。但是，我们众多与他有关的话题，大家思念他的情谊，他在天之灵会欣慰的。

43 年后的聚首，除了作陪的后生以外，都已经六十大几岁，早已过了“煮酒论英雄”的年龄。更何况在座的有俩人心血管放了两个支架，有一人做过胃切除手术，早已“不胜酒力”。可大家的心还是年轻的，好像又回到了当年，总想用酒来找回年少，找回“激情燃烧的岁月”，找回“壮怀激烈”，大有“劝君更尽一杯酒，西出阳关无故人”之感。杜康啊杜康，你太撩人了！酿造杜康酒的伊川县就是邻县，这伊河水酿出了好酒，又哺育出多少英雄豪杰、义气勇士啊。在这个酒桌上，我看到的都是些侠肝义胆之人：仗义，纯真，实在，厚道，善良。

这场晚宴持续到晚上近十点，甜蜜的泪水伴随着浓浓酒香，存了四十多年的心里话在推杯换盏中诉说，兴奋与思念之苦在眉宇间和眼神里诉说……三个多小时，满桌的饭菜不知吃了什么，美酒不知喝了多少，想说的话如后来见到的栾川重渡沟的“泄愤崖”泉水，奔泻不止。如再不制止，恐怕这个场面要持续一夜了。我说：“1990 年，我在南京开会后，去盐城看望过指导员唐仁和，分别 17 年，和孙长银我们三人说了三天三夜。那是 26 年前的事啦，如今可不行喽，得承认自己老了，天下没有不散的宴席，咱们明天接着聊。”就这样，宴席散了，形式上虽然散了，可心里还在宴席上海阔天空倾叙……

友谊延伸

翌日早餐时，世延老弟拿来一个小盒子，里面藏着一叠老黑白相片，噢，原来是我们在部队时的照片。有合影的，有单独的，还有“旭光”上色的。这些老照片，让我的思绪又一次回到了四十多年前。

世延老弟是1969年入伍的，我是1968年入伍的，年龄也算长他一岁。他到部队后不久我是二排五班班长，他是后勤协助司务长管理全连伙食的给养员，大家通称他“上士”，叫法一般叫“上司”，这两个字到底也弄不明白正规叫法。论起来，我是战斗序列的，他是后勤保障序列的，本无瓜葛。可当时在部队我还负责连队宣传，也经常帮炊事班伙房、食堂走廊、餐厅等，书写一些大字标语、毛主席语录、餐厅规定等，美化一下炊事班。就这样，与世延老弟结交了，再加上那时的司务长武断好训人，炊事班长有些执拗也不好处关系，世延老弟有心里话便找我倾诉。这样一来二去，我们成了知心朋友。虽然我比他大不了多少，他却把我当大哥哥看待，很尊重我。我们的友好关系在部队持续了四年。我在连队有个外号，叫“大碗”，部队规定每人两个小碗，我却有一只天蓝色的大搪瓷碗，当时我是有名的吃得多，大碗解决了饭量大的问题。这大碗就是世延老弟从他解散的老部队——洛阳250炮校拿来的，这让我在连里有了吃饭多的特殊用具。后来我从部队退伍时，把这个碗送给了接我班的孙长银老弟，算是“大碗”友谊的传承吧。

按照世延老弟的安排，不，严格来讲应该是他儿子的安排，我们一行上午参观国家5A级景点——老君山。此番游览，享受首长待遇，世延的侄子晓伟担任专职摄影，记录下我们这帮老家伙的“光辉形象”。

我是真喜欢张世延的儿子张伟华，准确地说，应该是来栾川的战友们都喜欢他。他懂事，勤快，孝顺，善良，开朗豁达，更难能可贵的是他善解人意，有敏捷的机灵劲儿。他把我们的活动安排得很缜密，做事的仔细能超过他父亲，他是专程从洛阳请假回来陪同父亲战友的。也是他向我提出：“伯伯此番来栾川是不是要写点儿东西呀？”此次出来我原本没打算写些什么，是真正的看战友休闲放松一下，世侄一提，猛然觉得在这浓浓的情意中，受到了感染，有了好多感慨，也觉得应该给后生们留下点儿什么作纪念，让我们这一辈的友谊传承延伸下去，就决定要写篇短文。

要说延伸，其实早就延伸了，对于伟华来说，在世延言谈话语的念叨中，早已知我和他父亲的友谊，我这个“伯伯”业已扎根在他心里了。伟华很有人缘儿，我们这支“老人团”走到哪儿，都有人笑脸相迎，参观“老君山”的门票是免费的，一路绿灯，这是他平时付出的“舍”，才换来了“得”，此时却让我们享用了。我能理解，这关系里含有孩子多年的精心打造和友情的积累，肯定自己平时不舍得享用，换句话说就是不轻易麻烦人，等到关键时刻才偶尔用一下，让大家享用，也许他平时为他人帮忙付出的，要比此次享用的多得多。所以我说，我和他父亲、和我们这一代人的友谊在他身上延伸了。

在老君山，随着相机的“咔嚓”声，我们在像仙境般的“景点”前“定格”，留下了永久纪念。此时，我想起四川青城山门外不远处一家宾馆门口大石头上的一副楹联：“云开绿野皆是画，人来青城都是仙”，哈哈，改为“人来栾川都是仙”，此时拿来一用，正可！世延的侄子张晓伟是个很有内涵的年轻人，言语很少，但看得出有一定学识，他对叔叔的耳提面命言听计从尊敬有加。他是个有专业水准的摄影师，有好多摄影作品在各级报刊上刊登，有的还被选为精品到处展览。他专门请假陪同，我们很有福气，想必我们一行的形象一定会通过他的镜头“放光辉”吧。

“无巧不成书”，说书人常说这句话，可就发生在我们眼前。在我们参观金顶建筑群下面的道德府时，这座殿堂前门柱上有一副对联，也称府联，句子是“道传紫府升玉局以演琅函，德布红尘降瑶宫而颁宝籙”。我看完此联后，转身又蹲下来看中英文合写的注释碑，注释说“道德府原老子楼，后明万历皇帝颁旨存《大道藏经》，故道德府”。再仔细看下去，解说这副对联引文中少了一个字，我不相信，金顶装饰的、打造得这么好的名山刻字书写，怎么会掉下一个字呢？再仔细地数看，下联的最后一个“籙”字确实没雕刻上。我马上叫来摄影师晓伟，让他拍下来，好给装点打造这山的主人提个醒，补上这个字。大家都说我看得仔细，咳，只是凑巧吧。又突然想起一句话，“一字之师”，哈哈，那今天的门票没白免呀！哈哈哈哈……

在大家笑声过后，我沉思，像这种圣地建造时应该更加精心才对。近日，有篇文章说埃及金字塔原来不是奴隶修建的，是塔周围的信教徒修建的。意思是说只有“信者”才精心，那是用心来打造的。由此，我又想起了无锡“小灵山”。2012年的“九九”重阳节前夕，我是随一个老年团去的。门票260元，景区构建大气，室内金碧辉煌，88米高的释迦牟尼塑像屹立在半山腰，可谓气势恢宏。成千上万旅游者涌向前去，可来者大都不是信佛者，当然，建造这里的主人的目的也很明确。

我曾写了一篇“小灵山断想”，有感而发。在这里摘录其中一段：

“人们远去了，感慨、断想还有很多，很多，游人们从小灵山离去时，回头只见88米高的释迦牟尼巨幅雕像，屹立在风水最好的半山坡上，慈善安详，姿态悠然，左右手的动作姿势象征着人们丰富想象中的意义。佛心里想什么，人不知道，只有佛知道；人们猜想什么，佛也知道，只是不说。”

似乎扯远了，回来还是说友谊的延伸吧，这个延伸就在后生们的身上，从他们身上我看到的友谊就是华盛顿所说的，“真正的友情，是一株成长缓慢的植物”。我对“成长缓慢”这几个字的理解是“长久培养”延伸。

学无止境

要说这次老友聚会，有一个人不得不隆重提到，她是此次相聚的总搭桥人，叫宫素清，是焦作市人大常委会副主任。但却不是外人，应称为“军嫂”，是焦作战友张振宇的夫人。巧遇宫素清的，是我很要好的老乡战友、时任山东省计生委规划统计处长刘逢光。十多年前，刘逢光到焦作市参加全国计划生育工作座谈会，认识了负责计划生育工作的东道主宫素清，在聊天中，知道了宫素清是老战友张振宇的夫人。这样刘逢光才知道了张振宇的电话，并马上告诉了我。于是，分别了三十余年后终于找到了一个连、一个排乃至一个班的河南孟县籍很亲密的战友。若不是宫素清与刘逢光的巧遇搭讪，与河南战友此生都未必能够相见，所以要隆重地感谢宫素清。这次相遇也靠张振宇，他和栾川老战友李遂庆同在部队 16 年，取得联系后，张世延通过李遂庆找到了张振宇继而找到了我，这一连串的战友寻找，追根就在宫素清。

8 年前的深秋，我同指导员唐仁和夫妇，约好山东单县邢继祥、王培岭、梁庚臣同聚焦作市，这是一个以老连首长和老班长为“关键词”的访友团。宫素清没有官架子，待人谦和亲切，说话慢声细语，以“军嫂”的身份出现，亲自陪同我们游览了云台山。她给大家留下了很好的印象。

那次的相处，没有更多机会闲聊，这次在栾川的相聚，倒是有了不少聊天的时间。尤其是到了我们此行的最后一个景点——重渡沟，大家不愿多走，就坐下来喝茶聊天。恰巧，宫素清曾经到重渡沟学习考察过，更巧的是，这里的老村支书就是一个营的栾川战友，当时就是这位叫余长生的党支书向考察者汇报过。宫素清说话，像好听的河南豫剧一样——有板有眼，很能“拿住人”。她说，当时云台山风景区的成功打造，被称为河南的“焦作现象”，全省去那里学习观摩。后来又出现了栾川对旅游景点的成功打造，那叫什么呢？宫素清说，省委宣传部的文人们琢磨了一个词叫“栾川模式”，这又招引“众仙”前来。宫素清的话没说完，被新来的几个客人打断了。对于宫副主任说的“现象”和“模式”，根据我亲身体会，“焦作现象”应该是政府的持之以恒，几茬领导人不变初衷的坚持和努力，终于打造成功；“栾川模式”则是靠民间，让先富者出资承包的方式打造，走出了一条成功新路。

宫素清在我印象里是一位有修养、很矜持的女性。我做了大半辈子新闻工作，遇到不少女性领导和成功女老板，以“女强人”居多，工作泼泼辣辣，风风火火，少有矜持者。宫素清不急不躁，不管这些行伍出身的战友在一起，怎样的粗犷，狂饮、狂语及无形，也不管开玩笑对她提出问题的无理，她都不在意。言谈话语里，我很佩服这位当过教师，担任过基层干部又走上市级领导岗位的女性。

总之，这次战友聚会，除了会友、叙情、增进友谊之外，让我又学了不少东西，又一次体会到“行万里路”的重要。友谊，在行万里路中延伸……

企业溢香

四十三、一个和八个

如果说有这么一个人，当着国有企业的副总经理，却因为看不惯身边的蝇营狗苟，索性主动把自己放逐到白手起家的逼仄境地重新创业，你信吗?

如果说这个人不单自己走了，单位里竟然还有好几个人（不乏头头脑脑）离职追随，不问薪酬待遇不说，还要跟着拿出自己的钱一道创业，你信吗?

如果我再说这个人至今言必称“老子”和“马克思”，尊崇《道德经》，常说毛泽东思想和共产主义理想及社会主义好，一门心思要让全体员工享受社会主义普遍幸福感，你信吗?

信不信由你，反正我信。

我信的理由很简单：我认识这个人，知道这个人所有的故事。

这个人叫林自强。没有他，就没有今天的石家庄高新技术产业开发区供水排水公司。16 年前，他和 8 个弟兄白手创业的故事，如今听上去好像一段很久远的传说，从来不需要提起，永远也不会忘记。

出　走

“老林要走了！”听到这个消息，黄建民一点儿都没惊讶，倒是心里盘算着自己的事情——“老林是父亲的徒弟，可交可信。他要是离开公交公司，我一定要跟着走。”

同在一个单位，谭彦斌听说老林要走，心里挺难受。跟着老林干基建，大整修一次又一次，忙得很，却着实快乐。老林这一走，自己的心里还真有点没着没落的。

容文生是在春节串门拜年时知道老林要走的，毫不含糊地撂给林自强一句话：“你走就走，别把我丢下！”

“先等等，我这边什么都没有，别耽误你们！”林自强一律这么回答。

时光回溯，定格在 1993 年。那一年，林自强面临着一次机会，也面临着一次人生的抉择。

石家庄高新技术产业开发区刚刚审批成立，美好的规划都在纸上，现实仍然是一片庄稼地。成立开发区，首先需要实打实动手的就是基本建设。其中，供排水系统建设负责人的人选，开发区管委会瞄上了林自强。

个子不高，小眼睛，戴副眼镜，很有点儒雅之气。关于林自强，开发区管委会的领导有所耳闻。他从石家庄市自来水公司调任市公交公司出任副总经理，敢创新，敢改革。提起“林自强”

三个字，很多职工都会敬佩地竖起大拇指。这样的人，天生就是开疆拓土的良才。

走，还是不走？问题摆在林自强面前。

林自强心里明白，在一个习惯了暮鼓晨钟的企业里，一个人的理想只靠自己的力量是很难实现的。他试过，也碰过钉子，私下的赞誉再多，也抵不住那些明面儿上的风言风语。三人成虎，莫须有的非议让人寸步难行。

如果走，自己有什么？除了一个总经理的虚衔，既没有一分钱，又没有一个人，难道就靠空空的两手去搞开发区的基本建设？

这个时候，谭彦斌来了，容文生来了，听到风声的老同事都来了。或有意或无意的试探，或清晰或模糊的表态，让林自强的心里燃烧起未来的希望。想到可以在一片白纸上自由作画，林自强莫名地开始兴奋起来。

走！林自强下定了决心。

可是，真要带着兄弟们走的时候，林自强的心又变得沉甸甸的。“他们为我放弃了安逸的工作，我又能给他们一个怎样的未来呢？”

聚 集

春节刚过，林自强就开始进行开发区供水排水公司的实质运作。

从石家庄市区的家里出发，骑着凤凰28自行车，路越走越窄，直到大片大片的玉米地铺陈眼前，才算到了新单位的地界儿。

新单位说是单位，其实什么都没有。没有办公室，只能从附近村民家先租了一间房。没有牌子，林自强用毛笔在门上写上“办公室”几个字。新单位也没人，却要打第一口井，多亏自来水公司的弟兄们赶来帮忙。

曾经生硬地用“身无分文，一无所有”拒绝弟兄们的林自强，这时候再也不嘴硬了。既然已经“身无分文，一无所有”，再没有几个生死相依的弟兄，创业还不就是一句空话?！

招人的消息散出去，居然第二天就有人找上门。

李景森自家开车做买卖，听说林自强招人，赶紧报名。

“自我介绍一下吧。”林自强说。

“我是复员兵，自己家开货车，最近不干了。”李景森答。

“复员兵啊，好！”一听来人当过兵，林自强心里高兴，冲着李景森说，“车钥匙给你，正好上午去接个老师傅。”

李景森没含糊，问好路就出发了。就这样，两人谁都没提薪水的事儿。

第二个外招的人是王敏学。

温文儒雅的一个人，说话办事很有分寸，林自强第一次见王敏学就觉得很对脾气。问过情况后，原来他也是一个部队转业的干部。

林自强愿意收，在兵工厂当人事干部的王敏学却犯犹豫。“租用民房当办公室，像个皮包公司。”王敏学回家后跟老婆说。

10 多天后，王敏学再次登门。这一次，林自强和他聊了一个多小时。

“说起公司的未来，老林滔滔不绝，还兴奋地拿出图纸给我看，一下子就把我也感染了。”仿佛鬼使神差，王敏学相信了自己对林自强的直觉。

黄建民来了，谭彦斌来了，容文生也来了……无论是过去的老同事、多年的邻居还是萍水相逢的人，都让林自强感受到自己的力量正在强大起来。

集　资

人有了，钱还是一分也没有。

开发区管委会说得明白——钱没有，人没有，事情还得干，工程干起来，分期结算再给钱。

没有钱，怎么才能干起来？林自强满腹愁绪。

林自强的父亲是老干部，人虽退休了，深明大义的素质还在。儿子创业没钱？把家里的存折拿走，不多，但也是个意思。就这样，一辆二手的北京吉普晃晃悠悠地开进了开发区，公司有了唯一的一辆公车。

可是，一个退休干部的钱又能撑多久呢？没过多少日子，林自强知道已经没有办法继续独自撑下去了，悄悄地动起“集资”的念头。

其实，公司没钱的事情，大家心里都清楚。在庄稼地里办公，一切都是从零开始，这个样子摆在明面上，该怎么办？还能怎么办？每个人都清楚。

林自强想了又想，还是开口："老容，公司没钱了。"

容文生想都没想，平静地回答："没钱拿呗！别太多就行，多了拿不起。"

接下来，容文生找到谭彦斌："公司没钱了，需要大家集资。先做准备吧，可能需要每个人凑上几万块钱。"

"行，既然要跟着老林干，没的说！"谭彦斌回答得很坚定。

……

没过几天，公司用来打第一口水井的钱就凑了起来。

林自强，出资8万元。

跟随林自强出资的，还有八个人：

黄建民，父亲是林自强的师父，原公交公司职工，出资8万元；

李景森，复员军人，公司司机，出资8万元；

王敏学，从总参某兵工厂人事处调来，出资5万元；

谭彦斌，原公交公司基建处工程师，出资5万元；

容文生，原在公交公司行政处主持维修工作，出资5万元；

魏聚忠，林自强的邻居，出资5万元；

侯旭升，原公交公司基建处副处长，出资5万元；

武晋强，原公交公司电工，出资8万元。

一个和八个，就这样为着一个共同的理想走到了一起。出于对一个人的信任，八个人就这样将自己的未来交给了一个人。

有了57万元启动资金，石家庄高新技术开发区（原为石家庄经济技术开发区）供水排水公司正式成立。

保留至今的文件中，明确规定“公司自筹资金，属于自收自支的企业单位”。耐人寻味的是，在原始手写的《关于筹建“石家庄经济技术开发区供水排水公司”情况的报告》里，还有这样两段话——

“企业总经理采用企业职工直接选举的形式产生，通过民主测评，坚持公开、公正、公平的原则，坚持民主监督，防止官僚作风的滋生，防止玩忽职守、贪污腐败问题的发生，保证公司的基业长青。”

“企业领导带领全体职工排除困难，努力做到‘企业兴旺发达，个人心情舒畅，家庭幸福美满’。”

一个充满乌托邦味道的理想，在这里勾勒出最初的雏形。

在签上自己名字的同时，林自强和八个兄弟各自按下了手印。

鲜红的手指印——中国人传统的承诺方式，16 年后的今天再去看，“一个和八个”的决心依然打动着每一个人。

就在租借的民房里，公司挂上了牌子。鞭炮声中，大家合影留念。今天，照片被岁月的沧桑涂抹上老旧枯黄的影子，但是，画面上那些略显青涩的面孔，却依然充满了无限的朝气。

创 业

未来，显然是从异常的艰苦开始的。

水源，是供水排水公司安身立命之本。集资的钱的第一个用处，就是打一口属于自己的水井。

钻机买来了，钻头却没有买。为了节省资金，老师傅们自己焊了一个。

“为了这个钻头，用了整整200公斤焊条！”这个数字，林自强记得，另外八个人也记得清清楚楚。20天时间，焊成了市场上花钱也买不到的好钻头。第一眼井，就这样开凿了。

盛夏酷暑，气温超过40摄氏度。一人多高的玉米地里，大家忍受着蚊虫叮咬，三班活两班干，餐风饮露，夜以继日。一身工装，满身泥水，没有地方休息，就在老乡的院墙外、门洞里找个阴凉处打个盹儿。

收工的时候已经是后半夜了，不知谁哼唱了一句“打靶归来”，随即在空旷的荒野中引爆了一次激昂的合唱。疲惫的人们被熟悉的旋律所感染，忘记了一天的疲劳，只是大声尽情地唱着……

这一刻，林自强站在那里，看着自己的这支队伍，心里泛起属于男人的幸福。

“出水了！”鏖战了20多个日夜，混合着泥浆的水从管道喷薄而出，打在林自强的身上，犹如甘泉把整个人浸润开来。“我们有了自己的第一口水井！”人们在旷野中大喊，直到16年后的今天，那声音依然萦绕在林自强的耳边。

熬过最初的艰难，工程款项陆续结算到账。从集资打第一口水井到200多名员工搬进自己的办公楼，林自强和他的弟兄们只用了短短两年时间。

16年后的今天，供水排水公司打拼出超过3亿元的资产，包括一座现代化供水厂，一座现代化污水处理厂，一座高标准纯净水厂及工程总公司、园林公司、三井饮用水中心等附属配套企业在内的现代化水务企业。

57万元启动资金发酵出3亿多元的财富，只用了16年的时间。

一个和八个的友情，也随着岁月的陈酿而浓香四溢。

信　念

十几年来，八个人几乎都认识到，林自强的身上总有些看似矛盾的东西纠结在一起。他痴迷老子，崇尚“道法自然”，把无为和逍遥当成为人处世之道。他待人和善，从没见过他红着脸瞪着眼斥责谁。他看待自己人生中的苦难，亦表现出顺其自然的平和之气。

然而更让人惊讶的，是隐于林自强内心的理想和信念。“我的信仰是共产主义。我们的企业，就要让所有员工感受到，共产主义理想就在身边。”说这话时，林自强的语气满是诚恳。

痴迷老子的林自强却为公司制定了严格的规章制度：迟到一分钟，无论是经理还是员工都要接受处罚。

第一个迟到的人，竟然是公司的得力干将黄建民。林自强说：“即便是开国元老，也要遵守制度，否则，企业必乱。”

黄建民心甘情愿地接受处罚，此后从未再犯。

严格管理，并不意味着不需要人情味。在林自强的要求下，无论是骑自行车还是坐小轿车，到了企业门口都必须下车步行，以此体现对门卫的尊重。林自强第一个遵守，从未有过例外。

林自强主动给自己定了这样一条考核目标——每年进行一次全员信任投票，如果总经理信任票未达 80%，自动下台。

林自强说：“我永远都不会忘记，八个兄弟把自己的钱交给我的那一天，大家共同起草过一个约定。我知道，大家信任我。我也知道，大家心里最害怕什么，就一个字——贪！”

16 年过去了，林自强和他的兄弟们融洽如初。

黄建民，48 岁，副总经理。

李景森，49 岁，供水厂副厂长。

王敏学，52 岁，副书记、副总经理。

谭彦斌，58 岁，工程监理处处长。

容文生，61 岁，总经理助理。

魏聚忠，55 岁，行政督察处处长。

侯旭升，59 岁，副总经理。

武晋强，42 岁，副总经理。

一个和八个，一个也不少，一个也不会少。

一旦大家有机会坐到一个圆桌边，16 年前的创业艰难始终是共同的话题。有的人头发白了，有的人眼睛花了，岁月总要在人的身上留下痕迹。但是，只要唱起《打靶归来》，大家就又像是回到了创业的日子，紧紧搂住兄弟的肩膀，用信任的目光相互凝望。

有情义在，这就够了。

至于当年倾囊凑出的57万元，有没有利息？没有人问过一句。还不还？什么时候还？没有人问过一句。即便是流行集资款可以算作原始股的时候，还是没有人问过一句。

黄建民说："我集资8万元，自愿的，不会多问一个字。我就是这样，既然相信一个人，就相信到底。没办法，这就是我。我相信，兄弟们的想法，都和我一样！"

听了这话，幸福就像一朵盛开的鲜花，悄悄地绽放在林自强的脸上。

这就是一个和八个的故事。

这就是一段相濡以沫的传奇。

（原载于《工人日报》2010年7月23日第六版）

四十四、咖啡厅、图书馆与生化池

乍一看题目，咖啡厅、图书馆、生化池，这三个词风马牛不相及，怎么会连在一起呢？可就巧，它们却紧密联系着。把它们联系在一起的是石家庄高新区供水排水公司。

在石家庄市东南角，泰山路南端东侧，门牌写着“石家庄高新区供水排水公司污水处理厂”，可谓偏居一隅，这家企业的新图书馆就在此处。

进厂从南楼二层往东走，推开对扇小门儿，一处玻璃廊桥映入眼帘，两侧和穹顶全是玻璃钢制成，廊桥不大，约 10 米长，精巧别致。廊桥两侧有木质平台，台上摆放着盆花，凡从廊桥上走过的人，都会不由自主地伫足，坐在花盆旁欣赏。点缀廊桥的盆花，有扶桑、黄婵、香水百合、微型玫瑰和绿萝等，颜色各异。花的选择和摆放，能看出主人的匠心。这些花，没有争奇斗艳，却各显特色。开花的，花瓣儿像笑脸；不开花的，绿叶像在微风中点头。它们似乎替图书馆主人欢迎每一位读者。

我正欣赏着这小景，突然一个稚气的声音从背后传来：“妈妈，这样再给我拍一张。”我转过身来，原来是一位带孩子的女职工，正在给孩子拍照。小女孩有七八岁，她摆了个姿势，伸出俩手指，红苹果似的脸蛋儿在阳光下像一朵绽开的花。

过廊桥上三楼，进图书馆必经之处是楼梯下的咖啡厅。面积大约 110 平方米，有吧台，吧台后面是煮咖啡和沏茶的地方，厅里摆着精致桌椅。厅东侧窗台上有几盆绿萝，油绿的叶子疏密有致，葳蕤分披。厅西侧墙上有许多小相框，有正方形，也有长方形，优雅别致。29 个相框里照片有黑白的，也有彩色的，还有把照片虚幻成素描的。这些是企业艰苦创业的场面，大概主人想让品茶者记住创业史，不忘初心吧。照片无语，也不动，但张张都向看它的人娓娓诉说心声……

“看，这就是我！”突然一个四十几岁的人，指着照片对几个同事说，然后又细声道，“这是我们青年突击队合影，还有，这是公司打的第一口井，出水那天，大家很激动地拍了张照片作留念，一晃已经 20 多年过去。”他叫郭林水，那时是管道工，现已是供水厂厂长啦，说话中他显得很自豪。正说着，总经理林自强一行人走下楼来，“这不，这儿还有一位。”他拉着常务副总经理武进强，指着一张照片说，“这就是他，快成半截老头啦。”接着他又推过来一个，“他头发更少，快‘聪明绝顶’了。”后面这位叫焦红军，是污水厂的副厂长，已经年过半百。这都是当年企业创建初期的干将，23 年过去，如今是一帮老小伙儿喽。

在这排咖啡厅里，人们可以品着咖啡低声细语，或谈论读书体会，或回忆当年。

这里的茶水有红茶、绿茶、青茶等，咖啡有摩卡、卡布奇诺等种类，收费低于成本，职工们可刷卡消费。这里还配有自制甜点，各式面包不日也可上架，工作人员全天候服务，读者在这里读半天书，渴不着饿不着。

从咖啡厅上几级楼梯，走过一米多的平台就进入图书馆了。室内鸦雀无声，偶尔有翻书声，有 20 人左右正在阅读。不大的阅览室宽敞透亮，窗明几净，一尘不染，安然，恬静。在安静中又觉舒适温馨。12 排书架约有 9500 册图书，分 24 个门类，文学教育、经济军事、政治法律、哲学艺术等应有尽有。书架的一端是五排舒适桌椅，人们可取下喜欢的书坐下来阅读。虽是假期，总是还有一些人在此阅读。一位叫于滨的职工，是机电维修工，正边看边记一本《污水处理机械设备设计与应用》。51 岁的他很健谈，他说："不学习不行，知识不够用啦。小长假没出行，专门来这里读几天书，公司下那么大功夫打造这个图书馆，可不能浪费机会，这儿太合我意，我喜欢的书这里都有，职工喜欢什么书公司就给购买。"说着他举起手中的《电力技能口诀》和笔记本给我看，脸上情不自禁露出喜悦。

我每次在阅览室都能见到的一位老读者，在一个固定位置上，认真看书的程度令我不忍心打扰。他是污水厂厂长麻春学。林自强总经理说，他已经是五十好几的人了，为建图书馆付出了很大心血。麻春学说："我叫'近水楼台先得月'，公司图书馆就建在我们厂，得天独厚的条件岂能浪费，我每天都挤时间坐在这里读书，这是难得的‘楼台’呀！”

坐在这个企业图书馆里，我感觉这儿虽然不能与荷兰马斯特里赫特的天堂书店、阿根廷的雅典人书店、法国的莎士比亚书店等世界顶级的书店相比，可它在职工心里要比它们亲切得多，温暖得多，温馨得多。书本散发的书香味儿，和着咖啡飘出的苦香味儿，交织在一起，沁人心脾。

图书馆的安静，让我感慨，职工素质远远超过我的想象，来的确实是读书的。

图书馆馆长刘宝英介绍，图书馆及配套设施共投入 300 多万元，有 800 多平方米。眼下所购书籍全公司人均约 25 册，将来人均达 50 册。9 月 1 日开馆，每天阅读者二十几人，多时四十余人，常客近二十人。也有借阅的。所读之书涉猎很广，以企业管理、工程技术、文学艺术居多。

图书馆配套设施还有儿童读物阅览和玩具室，是为带儿童的读者特意打造的。另外还有健身房、乒乓球活动室和两个太阳能浴室，看书累了可活动，出汗了可洗澡。

图书馆东侧，一路之隔，是 62 个处理污水的各类生化池，日处理污水 10 万吨，生化池能把 80 平方公里全区企业和居民生活废水吸纳进来，经过 11 道工序处理，排出的水清澈见底，能灌溉庄稼，能种树养花，还能养鱼。

这旁边有被处理好的水的“试验田”，戏称是“环城水系”，有高坡，有曲流，有瀑布，水里种植着芦苇、蒲草、睡莲等，水中红、白、黑、金黄色各类大小鱼儿，在水中追逐嬉戏。“试验田”对岸有七八个大人和小孩儿，好像正在那里逗鱼玩儿……

公司总经理林自强说：“我们决定把新图书馆建在这里，寓意也是让大家边读书边去遐想。生化池是净化污水的地方，而图书馆却是能净化人思想和心灵的地方。”

他说：“随着社会发展，怎样才能使职工爱读书，怎样养成读书习惯，我们也是绞尽脑汁，思考了不知多少个日日夜夜，才决定打造这种形式的图书馆。”

企业用名人哲理教育职工，阅读的力量是什么呢？它不仅仅是让你发现了一个全新的世界，或者开启你一段新的人生之旅，它潜在地影响我们的生命，在气质里，在谈吐上，在胸襟的无涯，当然也可能显露在生活和文字里……

我在图书馆，看着认真读书的职工，很感慨，觉得许久没有见到这种场面。他们阅读的每一本书，都会沉淀成将来更好的自己，看的是书，读的却是世界……

写到此，突然想到这个企业在多处张贴的习近平总书记的话——依靠学习，走向未来。这就是林自强让职工读书之苦心（目的）吧。

（原载于《工人日报》2017 年 10 月 30 日，有改动）

四十五、我们“家”的园子

我们“家”有个不隔墙的后院儿，人们俗称它“家里的园子”，是大家工作之余思考问题或周末休闲的地方，一天不来都觉着想得慌。说是我们的“家”，其实是大家工作的地方，因为都觉得这里环境比家还舒适，就愿意多来，所以把它称为“家”。

这个园子分三块儿，中间是书屋，东边是清水池、湿地，西边是“百草园”。

先说清水池吧。进了家——石家庄高新区供水排水公司供水厂大门，穿过办公楼和供水车间中间的马路，右侧上去十多级木质台阶，就看到一番风景：由木桥连接起来的匝道躺在水面上，周围是浓密的芦苇，芦花像丝绒，又像天鹅的羽毛，它们随风摆动，又像在跳集体舞。这景，美得自然，美得亲切，美得舒适，芦苇的摆动让你的心在这里沉醉。

清水池里有六棵盆栽的棕榈树分布摆开，看到这一景，脑海里马上浮现杭州西湖的“三潭印月”。黑陶盆在水中托着黑树干的棕榈树，点缀在水面上，不知是谁的创意，既有江南的美，又给人以遐想，让来者有想象的空间。池中养着许多观赏鱼，人从桥上一走，立即招惹鱼儿前来“欢迎”，红的、白的、黑的、花的、金黄的，大大小小闻声而至，不一会儿鱼儿们就堆得密密匝匝，引得人们不由自主地蹲下来逗它们，心情愉悦。

再看“百草园”。百草园是建在土岗上的，据说这土岗是建厂时安装抽水设备挖土方堆起的，有两三千平方米那么大，这里真种了一百多种花草。我去过鲁迅先生故居，这百草园没他家的有名气，但面积却是大多了，而且这花草的种子还是从马克思的故乡德国特利尔买来的，种它们，也寓意播撒马克思主义的种子，让其开枝散叶。

百草园中“鹤立鸡群”的花叫秋英花，它名字很多，也叫波斯菊，还叫张大人花，大家还错认是格桑花。大家都喜欢叫它秋英花，就像邻居家的姐姐秋英一样亲切。它的颜色，就像它的名字一样多，鲜红的如血，洁白的如云，白花长了红边的和花蕊长了一圈儿红得像缤纷的蝴蝶的。它的枝条虽然纤细，但花开得很傲骄。院子里有个精致的小屋，为书屋服务的志愿者、食堂炊事员王运谦师傅介绍说，这是和平鸽之家，有几十只鸽子在这里居住。不远处有个四角亭，它挺立在花丛中，似在画中，点缀得百草园有了些神秘感。走在木板路上，突然传来几声鸟鸣，清脆悦耳，此时此景，宋代曾几的两句诗也自然冒了出来：“绿阴不减来时路，添得黄鹂四五声。”

书屋取名“润物细无声”，门前有一条短河，大约比承德

“避暑山庄”里热河长不了多少，可它上游是一个小瀑布，小河面上还有一架木制小桥，这使书屋雅致了不少。书屋门的右侧有一棵“柿宝”树，这树不常见，上面结满了果子，像幼枣那么大，王师傅说，这树嫁接后才能结出柿子。通过柿宝树的嫁接变化，继而想到人，人不是靠嫁接变化，而是靠学习别人的长处，靠读书才变化提高的。树的身后就是书屋，是潜移默化地净化思想灵魂的地方。

书屋是建厂初期请专家讨论设计和小住的地方，荒废了很多年，随着企业发展社会进步和职工需求，主人把它打造成了休闲书屋。这座两层小楼，如今装扮得让人一接近就不舍得离开。小楼的多半部分被“爬山虎”掩映着，深秋，爬山虎的叶子大部分已变成红叶，让它披上了神奇盛装。楼的东侧，是一片绿篱，绿叶搭在窗户玻璃上。一楼是一排咖啡厅，坐在这里品着咖啡看窗外翠竹，很是惬意。此时，你会想到东坡先生“宁可食无肉，不可居无竹”的诗句，窗外有竹，会勾起你无限的思绪。

一楼西南角是“静读厅”，是书屋最大的一个屋，一张长桌一圈座椅，各类图书摆在身后，这种摆布不同于常见的阅览室，坐在这里看书会更为放松。一楼北侧还有一个书屋，里边摆着三张单人课桌，其他都是小椅子，书架上的书大多为工具书，像封建社会考功名的考场样子，所以取名为“秀才厅”。这取“秀才”之名的寓意，是鼓励读书者要像当年考秀才那样用功，学出个样来。

二楼“朗读厅”最适合年轻人，这里有“卡拉 OK”设备，人们可在这里朗读，可吟诗，可唱诗。屋里的装饰和设备，让你一进来，就会跃跃欲试，想亮一亮嗓子。二楼有一个叫“随意轩”的厅，里面放着八张懒人沙发，在此可随意而坐或半躺，人们可在这里交流学习体会，可以谈心，可以争论，也可以半躺半坐抱着抱枕遐想。

我每次来书屋，都碰见公司副经理史兰花，她不是和几个职工志愿者一起研究布置方案，就是加班干活，或者是一个人在那里沉思。她说，她是按照公司的意愿把书屋打造得更舒适，让职工感到更惬意。

书屋的两层小楼七八个厅屋，装扮得风格各异，一桌一椅一盆景，一杯一壶一沙发，不管是摆在桌面的，还是吊挂的，还是墙上镶嵌的，个个有生气，都体现出打造者的精心。

这整个园子的室内室外，不管是看书、品茶、漫谈、散步，还是赏花儿或逗鱼儿，都会觉得休闲、舒适、惬意……

“润物细无声”，短文写到此，一下子想到公司总经理林自强给书屋起此名之用意，主人是想用这无声的景物、无声的书屋，以及那些书架上静静立着的图书，悄悄地细细地滋养人，润泽人。让常来这里的人，在这无声中净化灵魂，思索未来……

（原载于《工人日报》2018 年 3 月 5 日）

四十六、地层深处的灯

灯，这是一个多么光明璀璨的字眼啊！一提起它，人们脑海里马上会浮现出璀璨亮丽的华灯，五光十色的节日灯，小巧玲珑的台灯，还有那农家小户的小油灯。然而，有谁能想起那日夜闪烁在地层深处的矿灯呢？也许有人压根儿就没有见过它，甚至不曾听说过。而给我印象最深的却正是这种不曾被人们注意的矿灯。

说起矿灯，不免使我想起它的前身来——矿工嘴里衔着一根小木棍，木棍上三根细绳吊着一盏铁皮小油灯。这就是矿灯的老前辈。它那微弱的光亮，只能照明周围一平方米也许再多一丁点的空间。辛勤的矿工们就在这狭小的光圈里，背朝顶板，脸贴脚面，手挥铁镐，拉着条筐为资本家、为洋人流汗、卖命。那微弱的光就像矿工的命运一样，在黑乎乎的窑洞里挣扎、挣扎。尽管这样，矿工们仍像保护生命一样保护着它，它是矿工的眼睛，甚至是矿工们的生命。这矿灯也好像懂得矿工们的心似的，只要还有一滴油，它就片刻不停地发光，直到油津耗干。

“残灯无焰影幢幢”。这种可怜的小矿灯，伴随着瘦骨嶙峋的矿工们，在人间地狱里不知熬过了多少岁月。

随着时间的推移，油灯发展成电石灯，以至到现在的“充电防爆式”矿灯。矿工们再也不用担心光线昏暗和“油竭灯灭”了。同时，矿工们不仅摆脱了笨重的刨、拖、背、拉，也变成了新时代矿山的主人。

我有幸到过矿山的灯房，女工们精心细致地给矿灯充电，把它们擦拭得锃光瓦亮，灯架上的矿灯好像整装待发的战士一样，一排排，一行行，阵容整齐，精神抖擞，浑身充满了无穷的力量。

晚上，上夜班的汽笛响了，一个个年轻欢快的矿工走到灯房的窗口，从俊俏的女工手中接过充足了电的明晃晃的矿灯，挂在头顶，穿过长廊，走向井口，然后随罐笼飞到井底，步入大巷……于是银花一样的矿灯，一盏，二盏……百盏，闪闪烁烁，光芒耀眼。好似无数的珍珠在滚动，简直是灯的河，光的海，此时，如果你能想到天上的繁星，就觉得它似银河落地，又涌入地宫。

掌子面上，上百束灯柱上下闪烁，亮如白昼。割煤机像个巨人，健步往返，牙轮飞旋，乌金翻滚，不时蹦出的小煤块，顽皮地打在司机的脸上，矿工们若无其事，只顾奔忙。

在灯光的照耀下，运输机的刮板推着一座座小山似的乌金滚滚流去，穿过巷道，冲出井口，飞向人间。

休息了，矿工们簇拥在一起，一边嚼着干粮，一边擦着矿灯上的煤末。灯的光束更明亮了，人的精神更昂扬了。这时，一位老师傅一边擦拭着矿灯，一边给几个小青年津津有味地讲述着什么，噢，听清楚了："当年我们的刘主席在安源搞工运的时候，就是用这闪闪的矿灯，点燃了人们心里的革命烈火……"起先是三五个人听，后来陆续聚集了一大群。大伙围拢着老师傅，静静地聆听着，细细地回味着，深深地思念着。

矿灯盏盏，闪闪烁烁，多明亮，多深情！像珍珠，像银花，像慧眼，像明星；迷离、朦胧、神奇、热情；它令人神往，引人遐想。这明丽的灯光，在我眼里变成了高高的煤山，变成了熊熊的火焰，变成了机器的轰响，变成了剧场里的歌舞，变成了棉田里的白云，变成了稻花的清香，变成了五颜六色的灯，变成了璀璨夺目的光……开放在地层深处朵朵可爱的灯花啊，你开放在地层的深处，你的威力是何等的神奇而深广！

啊！难怪矿工们都说，在矿山上，哪里有闪闪的矿灯，哪里就有火热的战场，哪里就有闪光的事业，闪光的生活，闪光的英雄。

（原载于《河北日报》文艺版1983年3月30日，《瞭望》周刊杂志）

四十七、钢铁情愫

在我即将要退休的那年年初，突然接到报社记者部通知，说报社党组、编委会决定要给我出书，说我是敬业者的代表。让我从几十年采写的新闻作品中，挑出一部分有代表性的稿件组成“自选集”（最后此书定为《脚板子踏出的新闻》）。我先是惊讶后是兴奋，便开始考虑怎样挑选整理。

梳理思路时，便很快想起了钢铁企业“钢铁人”，在我几十年记者生涯中，写了不少钢铁企业干部职工可歌可泣的故事。当拿起笔来开始为钢铁这部分稿件写小章序言时，脑海里泛起来的像涟漪，又像波澜，一下子使我联想到很多很远。首先想到的是1958年“大跃进”时期的全民“大炼钢铁”，那时候年龄尚小，不谙世事，光看见村子里烧“太平车”把铁钉子从木头灰里扒出来，还有把木门上的铁门链以及箱子上的锁链卸下来。当然，还有其他地方只要有铁有钢的，都想办法弄出来。为什么要这样？不知道。但却深深地记住了那些场面。

继而想到的是学生时期读过的小说《钢铁是怎样炼成的》，想到奥斯特洛夫斯基笔下保尔·柯察金“不会为碌碌无为而羞愧”的名言。因为此书主人公的英雄壮举激励了无数青年人；然而想得最多的是青年时期读过的苏联另一部小说《叶尔绍夫兄弟》，想起这部小说里的主人翁——炼钢炉长安德烈和他妻子卡芭的爱情故事，书中描写的情节十分感人、令人惊叹、让人心动。在读大学生卡芭是市委书记的女儿，可她结婚后坚持不住市委大院，甘愿和炼钢工丈夫住泥泞小巷。下班后，安德烈写炼钢日志，卡芭双手托着腮甜美幸福地看着他……

因为受书的影响，当学生时，就对炼钢工人充满着神秘感。从部队复员回地方参加工作到了煤矿，记得矿领导在做夺高产号召动员时，常说一句话：“钢铁元帅要升帐，煤炭先锋怎么办？”……后来，再后来，知道钢铁是祖国的脊梁。

他们不愧是“钢铁人”

我是带着崇敬之心接触钢铁人的。

从20世纪80年代中、末期初识“邯钢人”，到90年代初开始频繁接触，以至亲如一家人。“邯钢经验”在《工人日报》最早力推，我曾经随着本报派出的记者组六下邯钢，深入车间、工段、班组，与众多“邯钢人”采访座谈，和同事们一起研究讨论，写稿改稿，本报不惜版面进行报道。后来，邯钢成了国务院号召全国学习的重大典型。

“邯钢经验”“模拟市场”，一时间成了邯钢的代名词，那可是时任的一茬厂领导班子集体创出的经验。其实，那个时期的邯钢领导、邯钢工人进行的是又一次艰苦创业。领导为了企业发展不怕担风险，借资、高息贷资搞技改，为盯现场，吃住在厂；工人个个“会算账”，人人“抠门儿”，“一个油漆桶”“一张记录纸”的故事，名扬四海。生产副厂长赵明太说厂长刘汉章痴迷钢铁，“他血管里流的不是血，而是钢水”。就是靠这些“邯钢人”集体的智慧和力量，硬是把一个地方钢铁企业，发展成全国钢铁行业排头兵。时任国务院总理朱镕基到邯钢视察，参观展览室时说，不用解说了，你们“滚动前进，梯度发展”的八个字我都会背了。

我结识了不少邯钢朋友，有厂级领导、厂工会、中层干部以及一线工人，其中有不少成了我的至交。一茬茬邯钢人，把邯钢推上精锐、推上“大”与“强”，刘汉章时期的“模拟市场”、刘如军时期的“讲原则，讲程序，讲制度”、李贵阳时期的“6S精细管理”等管理的“大手笔”招数，成就了邯钢，邯钢工人阶级把邯钢不断推向辉煌。他们不愧是“钢铁人”。

“钢铁人”有着宽阔胸怀

一家钢铁国企由于市场等客观因素，在20世纪90年代中期有一年没有完成上级交给的上缴利税任务，这个企业的5.6万名职工，三天时间硬是凑出三千万元缴上去替企业“争脸”。理由是：我们厂从新中国成立以来就从没有完不成任务过，丢不起那个人。硬是人人自掏腰包，从家里把钱拿来，不折不扣地完成了任务！

这个企业就是——唐钢（唐山钢铁厂）。

这是唐钢人的胸怀，到现在，唐钢人并不觉得当年自己是干了一件傻事，而是把当年这一壮举当作一个荣耀。不知现在是否还能找到那么“傻”的企业和工人？我也觉得这不能用“傻”来评价。这个举动说明企业的凝聚力，职工的集体荣誉感，钢铁工人的责任感，他们心中最重要的就是这个“脸面”！

这是在 20 世纪 90 年代中期我初识“唐钢人”就知道的故事。后来，采访中又了解到唐钢医院的截瘫病房，知道了唐山大地震后，几辈工友向截瘫老工友献爱心的故事，知道了唐钢人的工友情缘、邻里情缘、社会情缘。这些“情缘”故事可歌可泣，听了让人柔肠寸断。从这些“情缘”里，看出唐钢人甘愿付出的奉献精神和思想境界，看到唐钢人宽阔的胸怀。

“钢铁人”有钢一般的意志

在河北钢铁企业里，国企我都去采访过，民营钢企也去过不少，要说一种坚强的意志，当属宣钢（宣化钢铁厂）。

最早接触宣钢还是在 20 世纪 80 年代中期，当时宣钢二炼铁厂出了个在火车头前面救人的英雄人物——耿玉荣，作为一个典型，需要拉开战线进行一个较长时期的深入采访。在挖掘出耿玉荣几次在危难时刻挺身而出救难于民的感人事迹后，我更加觉着他有“钢铁人”的坚强意志，是宣钢人的杰出代表。

到了 20 世纪 90 年代中后期宣钢困难到快要破产的时刻，我又出现在那里，做了一个较长时间采访。宣钢历史悠久，前身是全国著名劳模马万水所在的龙烟铁矿。宣钢在计划经济时代的任务是光炼铁不出钢，它的生铁免检，主要供应上海、天津、唐山的钢厂，简称“上天堂（唐）”。结果，把人家送上天堂了，自己却几乎下了地狱，濒临破产。

在这种情况下，谁也救不了它，只有自救图存。宣钢人就是靠钢一般的意志，吃尽苦头，舍尽脸皮，求人，节衣缩食，自立。时任河北钢铁集团党委书记刘如军曾给我描述过一个场面：“宣钢总经理乔贵祥向一位兄弟大企业老总借钱，弓腰施礼赔笑脸，那个场面我一直不忘。”宣钢人，受尽难为，靠不信邪的坚强意志，晃晃悠悠又起来了。而且，后来变得扬眉吐气！不用再卑躬屈膝。宣钢工会主席张鹏达说得好：“宣钢人个个都是汉子，‘坝上人’的性格，再大困难也压不垮，宣钢能起死回生，靠的就是这坚强意志！”张主席的话我不时地想起，一直不能忘怀，也总在激励着我。

几十年过去了，在年轻时交往的“钢铁人”，到眼下还有不少朋友一直在联系着，他们有的人性情粗犷却很重情义，有人感情细腻细心周到，我为有一批钢铁战线上的朋友而骄傲。

四十八、情洒煤海

从上小学开始，在谈及理想和追求的作文中，我从来没有一次写过长大要当个煤矿工人或记者，可恰恰我在这两个行当里干了几十年。最“年轻”的 10 年时光洒给了煤海，“而立”之后的心血掏给了所钟爱的新闻事业。

矿山不能没有歌

在煤矿，最近几十年里一直反复用着这样一个词：煤矿工人摆脱了“傻大黑粗”。说的是现代化煤矿在不断变化，甚至说是发生了翻天覆地的变化，矿山上下内外在不时地刷新。我觉着煤矿的变化更主要是人员成分在变化，人员不一样了，整体素质也就不一样了。过去挖煤的矿工没有文化，现在是有文化的矿工在改造着矿山，改造着井上井下的工作环境。在矿区，除了产煤工作之外，文化、体育生活丰富，也涌现出大批兴趣爱好者。不乏书法家、画家、诗人等才俊，尤其是歌手。河北省峰峰矿业集团到现在还存在着5支业余矿工文工团，他们一年四季都会给矿工带去歌声和欢乐。这歌声飘到井下，荡在井口，亮在宿舍，响满矿山。他们是矿山上一支不可缺少的生力军。

在邢台煤矿纪念投产40周年时，该矿出了一本书，约我这个曾经的矿上老同志写一篇文章，我按题作文，在文章中说了这样一句话："在邢台矿有过欢乐，也有过眼泪，件件存留在记忆里的事情每件都是一首歌，或是一首心底里低声唱的歌，或是一首能放开歌喉高声大唱的歌。"我就是用"歌"来表达心意的。当记者后，曾经参加过邢台地区磨窝煤矿首届艺术节，在这个矿所到之处，都有歌声，矿工的歌里，矿工的笑脸都挂着幸福。我当时写了一篇小通讯，题目就叫《矿山不能没有歌》，文里我用散文的语言写道："在矿山上，哪里有歌哪里就有火热的战场，哪里就有闪光的事业，闪光的生活。"

安全文化满矿山

煤矿事故，是有煤矿以来困扰着矿工们的一个大隐患，在过去的年代，在人的印象中挖煤就得死人。记得在20世纪70年代初中期，我刚接触煤矿时，煤矿的百万吨死亡率规定就是1.8，后来发展为1.2。煤矿死人是常事。

的确，煤矿的活儿是有危险，俗称六块石头夹一块肉，井下工作面没有灯时，黑得让人毛骨悚然。再有，水、火、瓦斯、煤尘，都是矿工的天敌。矿工下了井就像到了另一个世界，在矿工心里，一下井，其余什么也别想。

那些现象早已成为历史，近几十年来，是文化改造了也正在改造着矿山。

从大处说，国家和企业整体大资金投入改造生产环境，把煤矿的井上井下打造成文化矿山。比如，当年领军峰峰集团的董事长张文学，两年拿出10个亿用于安全环境打造和安全设备的更换，国务院规定吨煤成本用于安全的投入不低于15元，而张文学却拿出了45元。

从小处说，预防“三违”（违章指挥、违章操作、违反劳动纪律）的办法各矿都有“高招”：像峰峰新三矿的“24小时掌控”，显德汪煤矿当年的“六六安全楼”，梧桐庄矿的“矿嫂劝解室”，邢东矿的“井口送温暖矿嫂小分队”，小屯矿“安全第一，生产第二”的标语文化、“手指口述”文化等数也数不清，一直发展到现在各矿都有的“全家福亲情安全文化长廊”“历史的今天”“安全警戒柱、警戒墙”，等等。

这些矿山安全文化招数，时时改造着矿山，像保护神一样保护着矿工的安全，现在别说一年有多少人工亡，有的矿十几年都没有死亡事故，像峰峰新三矿连续三年矿工连碰破点皮儿的轻微工伤都没有。曾任河北省委常委、总工会主席的臧胜业在峰峰煤矿考察后感慨地说：“煤矿一年安全靠机遇，五年安全靠管理，十年安全靠文化。”

矿工心胸宽阔坦荡

在与煤矿打交道的几十年里，留下最“结实”的感受就是矿工的忠诚和心胸宽阔坦荡。在 20 世纪 60 年代初期，我国遭遇自然灾害和苏联对我们实行“卡脖子”要账，国民经济出现困难时，峰峰煤矿勇挑重担，自己省吃俭用，为国家渡过难关作出了巨大贡献。这种对国家忠诚的举动，给峰峰的后人留下了永久的值得骄傲的财富。

在煤矿，不管是老一代矿工，还是新时期矿工，一代代传承下来一个最宝贵的东西，就是要求得少，索取得少，付出得多，奉献得多。新中国成立以来，几十年里不管社会上“刮什么风”，矿工们都是“岿然不动”，坚持正常生产，向国家“多出煤，出好煤”。他们坚信一条：社会要发展，人民要生活，步步离不开煤炭，说别的都没用，出煤才是正经事，是硬道理。这就是实在的、真诚的矿工！

多年与矿工打交道，交往的朋友很多，矿工中的仗义者，矿工中的正义者，矿工中的好人，在这些好矿工中发生了许许多多美丽的、可歌可泣的感人故事。矿工大都家境贫寒，且来自农村者较多，他们除了工作之外，心里想得最多的就是家中妻儿老小，开了工资就想到家，有不少矿工骑自行车走一百多公里土路回家，为的是省个路费。这行为看起来好像是小气，不会消费，可家中实在是不容易啊，家境不允许他们高消费。但他们对待工友、朋友却又大方得让人意外，甚至惊人，工友需要时，他们会不惜钱财，慷慨解囊。所以，我呼吁，如果交朋友，请记住，矿工可交！

一件事情永远留在我的记忆里。我的胃功能比较弱，可能与几年的军旅生活有关。有朋友说吃核桃能助消化，几位工友听说后，不时用面布袋从老家给我带核桃到矿上来，所以我吃核桃一年到头没断过。至今我仍记得给我拿过核桃的工友有李吉辰、柳桃小，当然还有好几个，眼下还有联系。他们的真诚、耿直、热情几十年一直感染着我，激励着我，让我也像他们一样，正直、厚道、仗义，不断给周围的人做好事做善事……

图书在版编目（CIP）数据

灯花，灯花 / 张世斌著. —北京：中国工人出版社，2021.12
ISBN 978-7-5008-7803-2

Ⅰ. ①灯…　Ⅱ. ①张…　Ⅲ. ①散文集－中国－当代　Ⅳ. ①I267

中国版本图书馆CIP数据核字（2021）第268507号

灯花，灯花

出 版 人　董　宽
责任编辑　安　静
责任校对　张　彦
责任印制　栾征宇
出版发行　中国工人出版社
地　　址　北京市东城区鼓楼外大街45号　邮编：100120
网　　址　http://www.wp-china.com
电　　话　（010）62005043（总编室）
　　　　　（010）62005039（印制管理中心）
　　　　　（010）62382916（工会与劳动关系分社）
发行热线　（010）82029051　62383056
经　　销　各地书店
印　　刷　北京市密东印刷有限公司
开　　本　880毫米×1230毫米　1/32
印　　张　8.375
字　　数　180千字
版　　次　2022年8月第1版　2025年1月第2次印刷
定　　价　49.00元